Antonio Tabucchi

Indisches Nachtstück

und ein Briefwechsel

D0994735

dtv

Die Taschenbibliothek

Deutsch von
Karin Fleischanderl

Ungekürzte Ausgabe

Januar 1997
Deutscher Taschenbuch Verlag GmbH & Co. KG,
München
© 1984 und 1987 Sellerio editore, Palermo
Titel der italienischen Originalausgaben:
›Notturno indiano‹, Palermo 1984;
›La frase que segue è falsa. La frase que precede è vera‹ in:
›I volatili del Beato Angelico‹, Palermo 1987
© 1990 der deutschsprachigen Ausgabe:
Carl Hanser Verlag, München · Wien
ISBN 3-446-16249-6
Gestaltungskonzept: Balk & Brumshagen
Umschlagbild: Ragamala Painting
Satz: KCS GmbH, Buchholz/Hamburg
Gedruckt auf säurefreiem, chlorfrei gebleichtem Papier
Druck und Bindung: C. H. Beck'sche Buchdruckerei,
Nördlingen
Printed in Germany · ISBN 3-423-08360-3

Inhalt

Indisches Nachtstück

Ein Briefwechsel

Menschen, die schlecht schlafen,
scheinen mehr oder weniger schuldig:
was tun sie? Sie machen die Nacht
gegenwärtig.

Maurice Blanchot

Vorbemerkung

Dieses Buch ist nicht nur das Ergebnis von Schlaflosigkeit, sondern auch eine Reise. Die Schlaflosigkeit gehört dem, der das Buch geschrieben hat, die Reise dem, der sie unternahm. Da jedoch auch ich dieselben Orte aufgesucht habe wie der Protagonist der Geschichte, hielt ich es für angebracht, eine kurze Liste dieser Orte beizulegen. Ich weiß nicht, ob dazu die Illusion beigetragen hat, ein topografisches Verzeichnis könne, dank der Kraft des Realen, ein Licht auf dieses Nachtstück werfen, das von der Suche nach einem Schatten handelt, oder vielmehr die unsinnige Annahme, ein Liebhaber zielloser Reisen könne es eines Tages als Führer verwenden.

A. T.

Verzeichnis der Schauplätze
dieses Buches

Erster Teil

Der Taxifahrer trug einen Spitzbart, ein Haarnetz und einen Zopf, der von einem weißen Bändchen zusammengehalten wurde. Ich hielt ihn für einen Sikh, denn die Anhänger dieser religiösen Bewegung wurden in meinem Reiseführer genau so beschrieben. Mein Reiseführer hieß ›India, a travel survival kit‹, und ich hatte ihn in London vor allem aus Neugier gekauft, denn die darin enthaltenen Informationen über Indien waren reichlich seltsam und auf den ersten Blick überflüssig. Erst später sollte ich feststellen, wie nützlich er war.

Der Mann fuhr für meinen Geschmack viel zu schnell, und er hupte laut und heftig. Mir schien, als ob er die Fußgänger mit Absicht streifte, und auf seinem Gesicht lag ein undurchschaubares Lächeln, das mir nicht gefiel. Seine rechte Hand steckte in einem schwarzen Handschuh, was mir ebenfalls nicht gefiel. Als er auf den Marine Drive einbog, schien er sich beruhigt zu haben und reihte sich friedlich in eine der Fahrspuren ein, auf der Seite des Meeres. Mit der behandschuhten Hand wies er auf die Palmen entlang der Uferpromenade und auf den Bogen des Golfs. »Das ist Trombay«, sagte er, »vor uns liegt die Insel Elephanta, aber man sieht sie nicht. Sie wollen sie bestimmt besichtigen, die Schiffe fahren jede Stunde vom Gateway of India ab.«

Ich fragte ihn, warum er über den Marine Drive fahre. Ich kannte mich in Bombay nicht aus, aber ich versuchte, unsere Fahrt auf dem Plan zu verfolgen, den ich auf den Knien hielt. Meine Anhaltspunkte waren Malabar Hill und der Chor, der Diebsmarkt. Mein Hotel befand sich zwischen diesen beiden Punkten, und um es zu erreichen, mußte man nicht über den Marine Drive fahren. Wir fuhren in die genau entgegengesetzte Richtung.

»Das Hotel, das Sie mir genannt haben, liegt in einem Elendsviertel«, sagte er freundlich, »und die Ware ist von minderer Qualität, die Touristen, die zum erstenmal nach Bombay kommen, landen oft an wenig empfehlenswerten Orten, ich bringe Sie in ein Hotel, das für einen Herrn wie Sie angemessen ist.« Er spuckte aus dem Fenster und blinzelte mir zu. »Und mit erstklassiger Ware.« Er setzte ein aalglattes Lächeln auf, das komplizenhaft sein wollte, und das gefiel mir noch weniger.

»Halten Sie an«, sagte ich, »sofort.«

Er drehte sich um und sah mich unterwürfig an. »Aber das geht hier nicht«, sagte er, »es gibt zuviel Verkehr.«

»Ich steige trotzdem aus«, sagte ich, öffnete die Tür und hielt sie gut fest.

Er bremste abrupt und ließ einen Schwall von Worten in einer Sprache los, die wohl Marathi war. Er blickte wütend drein, und die Worte, die er zwischen den Zähnen hervorstieß, waren wahrscheinlich nicht gerade höflich, aber das war mir egal. Ich hatte nur einen kleinen Koffer bei mir, der neben mir auf dem Sitz lag, und so brauchte er nicht einmal auszusteigen, um mir das Gepäck auszuhändigen. Ich gab ihm einen Hundert-Rupien-Schein und stieg auf dem enormen Gehsteig des Marine Drive aus; am Strand wurde ein religiöses Fest gefeiert, oder vielleicht war es auch ein Jahrmarkt, eine große Menschenmenge drängte sich vor etwas, was ich nicht sehen konnte, auf der Uferpromenade hielten sich Vagabunden auf, die ausgestreckt auf dem Mäuerchen lagen, kleine Jungen, die Krimskrams verkauften, Bettler. Da war auch eine Reihe Motorrikschas, ich sprang in eine der gelben Kabinen, vor die ein Moped gespannt war, und rief dem Männchen darauf die Straße zu, in der sich mein Hotel befand. Er trat auf das Startpedal, fuhr mit Vollgas an und ordnete sich in den Verkehrsstrom ein.

Das »Viertel der Käfige« war noch schlimmer, als ich erwartet hatte. Ich kannte es von den Fotos eines berühmten Fotografen und hatte gemeint, auf das menschliche Elend hier gefaßt zu sein, aber Fotos schließen die sichtbare Welt in einem Viereck ein. Ohne Rahmen ist das Sichtbare immer etwas anderes. Und dazu strömte das,

9

was hier sichtbar war, einen allzu starken Geruch aus. Oder vielmehr viele Gerüche.

Als wir das Viertel betraten, dämmerte es bereits, und in der kurzen Zeit, in der wir eine Straße entlangfuhren, wurde es Nacht, so plötzlich wie immer in den Tropen. Die meisten Häuser im »Viertel der Käfige« bestehen aus Holz und Strohmatten. Die Prostituierten sitzen in Hütten aus lose zusammengefügten Brettern und stecken den Kopf durch die Fugen. Manche dieser Hütten waren kaum größer als ein Schilderhäuschen. Und dann gab es Baracken und Zelte aus alten Lumpen, die vielleicht Läden waren oder in denen andere Geschäfte abgewickelt wurden, von Petroleumlampen erhellt und mit Menschentrauben davor. Aber das Khajuraho Hotel hatte ein kleines beleuchtetes Schild und befand sich beinahe an der Ecke einer Straße, an der Gebäude aus Stein standen. Die Halle, sofern man sie als solche bezeichnen konnte, war nicht schmutzig, sondern wirkte nur etwas zwielichtig. Sie war ein kleines, im Halbdunkel liegendes Zimmer mit einem Empfangstisch, der so hoch war wie die Theken in englischen Pubs und an dessen Enden sich zwei Lampen mit roten Schirmen befanden, und dahinter stand eine alte Frau. Sie trug einen auffälligen Sari, ihre Nägel waren blau lackiert, und ihrem Aussehen nach hätte sie Europäerin sein können, auch wenn sie auf der Stirn ein Mal trug wie eine Inderin. Ich zeigte ihr meinen Paß und sagte, ich hätte telegrafisch ein Zimmer reserviert. Sie nickte zustimmend und begann betont sorgfältig meine Personalien zu notieren, dann schob sie mir das Formular zum Unterschreiben hin.

»Mit oder ohne Bad?« fragte sie mich und nannte mir die Preise.

Ich nahm ein Zimmer mit Bad. Mir schien, als würde die Empfangsdame mit leicht amerikanischem Akzent sprechen, aber ich erkundigte mich nicht weiter.

Sie nannte die Zimmernummer und hielt mir den Schlüssel hin. Der Schlüsselanhänger war aus durchsichtigem Zelluloid, mit einem Abziehbild darin, das zum Hotel paßte. »Möchten Sie zu Abend essen?« fragte sie mich. Sie betrachtete mich argwöhnisch. Ich begriff, daß das Hotel von Reisenden aus dem Westen nicht frequentiert wurde. Gewiß fragte sie sich, was ich hier suchte mit meinem bescheidenen Gepäck, nachdem ich vom Flughafen aus telegrafiert hatte.

Ich bejahte. Die Aussicht, hier zu essen, war nicht besonders verlockend, aber ich hatte Hunger, und es schien auch keine gute Idee zu sein, um diese Zeit im Viertel herumzulaufen.

»Der Dining-room schließt um acht«, sagte sie, »nach acht servieren wir nur noch aufs Zimmer.«

Ich sagte, daß ich lieber unten essen würde, und sie führte mich hinter einen Vorhang am anderen Ende der Halle, in einen Raum mit gewölbter Decke und dunkel getünchten Wänden, in dem niedrige Tische standen. Die

Tische waren fast alle leer, und das Licht war sehr schwach. Die Speisekarte versprach eine Unzahl von Gerichten, aber als ich bestellen wollte, erfuhr ich vom Kellner, daß ausgerechnet an diesem Abend alles ausgegangen sei. Es gab nur noch Nummer fünfzehn. Also aß ich hastig das Fischgericht mit Reis, trank ein lauwarmes Bier und kehrte in die Halle zurück. Die Empfangsdame saß noch immer auf ihrer Bank und war offensichtlich damit beschäftigt, bunte Steinchen auf einer Art Spiegel anzuordnen. Auf dem Diwan in der Ecke neben der Eingangstür saßen zwei sehr dunkelhäutige, westlich gekleidete Männer, mit Hosen, die nach unten hin weiter wurden. Sie schienen mich nicht zu bemerken, aber ich verspürte augenblicklich ein gewisses Unbehagen. Ich blieb vor dem Empfangstisch stehen und wartete darauf, daß die Frau zu sprechen begann. Und sie begann tatsächlich zu sprechen. Sie sagte mit neutraler, gleichgültiger Stimme Zahlen auf, ich verstand nicht recht, was sie damit meinte, und bat sie, sie zu wiederholen. Es war eine Tabelle. Ich merkte mir nur die erste und die letzte Zahl: von dreizehn bis fünfzehn Jahren dreihundert Rupien, ab fünfzig fünf Rupien.

»Die Frauen sind im Zimmer im ersten Stock«, sagte sie abschließend.

Ich zog den Brief aus der Tasche und zeigte ihr die Unterschrift. Ich kannte den Namen auswendig, aber um Mißverständnisse auszuschließen, zeigte ich ihn ihr lieber schriftlich. »Vimala Sar«, sagte ich. »Das Mädchen, das ich möchte, heißt Vimala Sar.«

Sie warf einen raschen Blick auf die beiden Männer auf dem Diwan. »Vimala Sar arbeitet nicht mehr hier«, sagte sie, »sie ist fortgegangen.«

»Wohin?« fragte ich.

»Das weiß ich nicht«, antwortete sie, »aber wir haben Mädchen, die schöner sind als sie.«

Die Sache fing nicht gerade vielversprechend an. Aus den Augenwinkeln heraus glaubte ich gesehen zu haben, daß die beiden jungen Männer eine kleine Bewegung machten, aber vielleicht täuschte ich mich.

»Suchen Sie sie«, sagte ich rasch, »ich warte auf dem Zimmer.« Zum Glück hatte ich zwei Zwanzig-Dollar-Scheine in der Tasche. Ich legte sie zwischen die bunten Steinchen und nahm meinen Koffer. Als ich die Treppe hinaufging, hatte ich einen Einfall, den ich meiner Angst verdankte. »Auf der Botschaft weiß man, daß ich hier bin«, sagte ich laut.

Das Zimmer war offenbar sauber. Es war hellgrün gestrichen, und an den Wänden glaubte ich Drucke von den erotischen Skulpturen in Khajuraho zu erkennen, aber ich hatte keine besondere Lust, mich davon zu überzeugen. Das Bett war sehr niedrig, daneben stand ein zerschlissener Sessel, und auf dem Boden lag ein Haufen bunter Kissen. Auf dem Nachttisch standen ein paar unmißverständliche Gegenstände. Ich zog mich aus und nahm frische Wäsche aus dem Koffer. Das Bad war ein mit Ölfarbe gestrichener Verschlag, und an der Tür befand sich ein Poster mit einer Blondine darauf, die auf einer Coca Cola-Flasche ritt. Das Poster war vergilbt und mit Fliegendreck übersät, die Blondine trug eine Frisur à la Marilyn Monroe, im Stil der fünfziger Jahre, was den Kontrast zur Umgebung noch verstärkte. Die Dusche besaß keinen Brausekopf, sie bestand nur aus einem Rohr, das in Kopfhöhe aus der Wand ragte und aus dem Wasser sprudelte, aber ich empfand es dennoch als höchste Wonne, mich zu waschen: Ich hatte acht Stunden Flug hinter mir, einen dreistündigen Aufenthalt am Flughafen und die Fahrt durch Bombay.

Ich weiß nicht, wie lange ich schlief. Vielleicht zwei Stunden, vielleicht auch länger. Als ich von einem Klopfen an der Tür geweckt wurde, stand ich ganz mechanisch auf, um zu öffnen, und zunächst war mir gar nicht bewußt, wo ich mich befand. Das Mädchen schlüpfte mit raschelnden Kleidern herein. Sie war klein und trug einen leichten Sari. Sie schwitzte, und die Schminke in ihren Augenwinkeln begann zu zerfließen. Sie sagte: »Guten Abend, mein Herr, ich bin Vimala Sar.« Sie blieb mitten im Zimmer stehen, gesenkten Blicks und mit hängenden Armen, als ob ich sie begutachten sollte.

»Ich bin ein Freund von Xavier«, sagte ich.

Sie hob den Blick, und ich sah großes Erstaunen auf

ihrem Gesicht. Ich hatte ihren Brief auf das Nachtkästchen gelegt. Als sie ihn sah, begann sie zu weinen.

»Warum ist er hier gelandet?« fragte ich. »Was wollte er hier? Wo ist er jetzt?«

Sie begann leise zu schluchzen, und ich verstand, daß ich ihr zu viele Fragen gestellt hatte.

»Beruhigen Sie sich«, sagte ich.

»Als er erfuhr, daß ich Ihnen geschrieben habe, wurde er sehr wütend«, sagte sie.

»Und warum haben Sie mir geschrieben?«

»Weil ich Ihre Adresse in Xaviers Notizbuch gefunden habe«, sagte sie. »Ich wußte, daß Sie sehr gute Freunde waren, früher einmal.«

»Und warum wurde er wütend?«

Sie hielt sich die Hand vor den Mund, wie um nicht weinen zu müssen. »In der letzten Zeit war er böse geworden«, sagte sie. »Er war krank.«

»Was machte er eigentlich?«

»Er lebte von Geschäften«, sagte sie, »ich weiß es nicht, er erzählte mir nichts, er war nicht mehr gut zu mir.«

»Welche Art von Geschäften?«

»Ich weiß es nicht«, wiederholte sie, »er erzählte mir nichts, manchmal schwieg er tagelang, und dann war er plötzlich sehr unruhig und bekam heftige Wutanfälle.«

»Wann ist er hier angekommen?«

»Vor einem Jahr«, sagte sie, »er kam aus Goa, er machte Geschäfte mit ihnen, dann wurde er krank.«

»Mit wem?«

»Mit denen aus Goa«, sagte sie, »aus Goa, ich weiß es nicht.« Sie setzte sich auf den Diwan neben dem Bett, inzwischen weinte sie nicht mehr, sie schien sich beruhigt zu haben. »Trinken Sie etwas«, sagte sie, »in dem kleinen Schrank da sind alkoholische Getränke, eine Flasche kostet fünfzig Rupien.«

Ich ging zu dem Schrank und nahm mir ein Fläschchen mit einer orangefarbenen Flüssigkeit darin, einem Mandarinenlikör. »Aber wer war das in Goa?« fragte ich hartnäckig. »Erinnern Sie sich wenigstens an den Namen, an irgend etwas?«

Sie schüttelte den Kopf und begann wieder zu weinen. »Die aus Goa«, sagte sie. »Aus Goa, ich weiß nicht. Er war krank«, wiederholte sie.

Sie machte eine Pause und stieß einen tiefen Seufzer aus. »Manchmal schien ihm das alles gleichgültig zu sein«, sagte sie, »auch ich. Lediglich die Briefe aus Madras interessierten ihn ein wenig, aber am nächsten Tag war er dann wieder wie zuvor.«

»Was für Briefe?«

»Die Briefe aus Madras«, sagte sie treuherzig, als ob dies eine ausreichende Information wäre.

»Aber von wem stammten sie?« insistierte ich. »Wer schrieb ihm?«

»Ich weiß es nicht«, sagte sie, »eine Gesellschaft, ich erinnere mich nicht, er hat sie mich nie lesen lassen.«

»Und er hat geantwortet?« fragte ich weiter.

Vimala war wie in Gedanken versunken. »Ja, er hat geantwortet, ich glaube schon, er verbrachte viele Stunden mit Schreiben.«

»Ich bitte Sie«, sagte ich, »strengen Sie sich an, was war das für eine Gesellschaft?«

»Ich weiß es nicht«, sagte sie, »es war eine Studiengesellschaft, glaube ich, aber ich weiß es nicht.« Sie machte wieder eine Pause, und dann sagte sie: »Er war gut, sein Wille war gut, aber seiner Natur war ein trauriges Schicksal bestimmt.«

Sie hielt die Hände ineinander verschlungen, sie hatte lange und schöne Finger. Dann sah sie mich erleichtert an, als sei ihr etwas eingefallen. »Theosophical Society«, sagte sie. Und zum erstenmal lächelte sie.

»Hören Sie«, sagte ich, »erzählen Sie mir alles in Ruhe, alles, woran Sie sich erinnern, alles, was Sie mir sagen können.«

Ich brachte ihr ein zweites Glas. Sie trank und begann zu erzählen. Es war eine lange, weitschweifige, ausführliche Erzählung. Sie erzählte mir von sich und Xavier, den Straßen Bombays, den sonntäglichen Ausflügen nach Bassein und Elephanta. Von den Nachmittagen im Victoria Garden, die sie auf dem Rasen liegend verbracht hatten, von den Badeausflügen an die Chowpatty Beach, unter den ersten Regenfällen des Monsuns. Ich erfuhr, wie Xavier gelernt hatte zu lachen und worüber er lachte, wie sehr ihm der Sonnenuntergang am Arabischen Meer gefallen hatte, während sie in der Dämmerung am Strand spazierengingen. Es war eine Geschichte, die sie sorgfältig von Elend und allem Häßlichen gereinigt hatte. Es war eine Liebesgeschichte.

»Xavier hatte so viel geschrieben«, sagte sie, »doch eines Tages hat er alles verbrannt. Hier in diesem Hotel nahm er ein Kupferbecken und verbrannte darin alles.«

»Warum?« fragte ich.

»Er war krank«, sagte sie, »seiner Natur war ein trauriges Schicksal bestimmt.«

Als Vimala ging, mußte die Nacht schon beinahe vorüber sein. Ich blickte nicht auf die Uhr. Ich zog die Vorhänge vor und legte mich aufs Bett. Vor dem Einschlafen hörte ich in der Ferne einen Schrei. Vielleicht war es ein Gebet oder eine Anrufung des neuen Tages, der anbrach.

2

»Wie hieß er?«

»Er hieß Xavier«, antwortete ich.

»Wie der Missionar?« fragte er. Und dann fügte er hinzu: »Er ist doch kein Engländer, oder?«

»Nein«, sagte ich, »er ist Portugiese, aber er ist nicht als Missionar hergekommen, er ist ein Portugiese, der in Indien verlorengegangen ist.«

Der Arzt nickte zustimmend. Er trug ein fettig glänzendes Toupet, das bei jeder Bewegung seines Kopfes verrutschte wie ein Gummihäubchen. »In Indien gehen viele Menschen verloren«, sagte er, »es ist ein Land, das dafür wie geschaffen ist.«

Ich sagte: »Eben.« Und dann sah ich ihn an, und auch er sah mich an, mit unbeschwertem Blick, als ob er zufällig hier wäre und alles zufällig geschähe, weil es eben so sein mußte.

»Wissen Sie auch seinen Nachnamen?« fragte er. »Das kann manchmal nützlich sein.«

»Janata Pinto«, sagte ich, »er war entfernt indischer Abstammung, ich glaube, einer seiner Vorfahren stammte aus Goa, zumindest behauptete er das.«

Der Arzt machte eine Geste, als wolle er sagen: Das reicht, aber natürlich meinte er etwas ganz anderes.

»Es wird doch ein Archiv geben«, sagte ich, »hoffentlich.«

Er setzte ein unglückliches und schuldbewußtes Lächeln auf. Seine Zähne waren sehr weiß, mit einer Lücke in der oberen Reihe. »Ein Archiv ...«, murmelte er. Mit einem Schlag wurde sein Gesicht hart, angespannt. Er sah mich streng, beinahe verachtungsvoll an. »Wir befinden uns hier in einem Krankenhaus in Bombay«, sagte er trocken. »Vergessen Sie Ihre europäischen Kriterien, sie sind ein überflüssiger Luxus und arrogant.«

Ich schwieg, und auch er hüllte sich in Schweigen. Er nahm ein Bastetui aus der Tasche seines Kittels und zündete sich eine Zigarette an. An der Wand hinter seinem Tisch hing eine große Uhr. Sie zeigte auf sieben, sie war stehengeblieben. Ich betrachtete sie, und er erriet meine Gedanken. »Sie ist schon vor langer Zeit stehengeblieben«, sagte er, »es ist Mitternacht.«

»Ich weiß«, sagte ich. »Ich warte seit acht Uhr auf Sie; der Arzt, der tagsüber Dienst hatte, sagte mir, Sie als einziger könnten mir vielleicht helfen, er sagte, Sie hätten ein sehr gutes Gedächtnis.«

Er setzte wieder sein trauriges und schuldbewußtes Lächeln auf, und ich verstand, daß ich mich wieder geirrt hatte: an einem Ort wie diesem war es kein Vorteil, ein gutes Gedächtnis zu besitzen.

»War er Ihr Freund?«

»Gewissermaßen«, sagte ich, »früher einmal.«

»Wann wurde er eingeliefert?«

»Vor beinahe einem Jahr, glaube ich, gegen Ende des Monsuns.«

»Ein Jahr ist eine lange Zeit«, sagte er. Und dann fuhr er fort: »Während des Monsuns ist es am schlimmsten, da kommen so viele.«

»Das kann ich mir vorstellen«, antwortete ich.

Er nahm den Kopf zwischen die Hände, als ob er nach-

20

dächte oder sehr müde wäre. »Sie können es sich nicht vorstellen«, sagte er. »Haben Sie ein Foto von ihm?«

Es war eine sehr einfache und praktische Frage, aber ich stockte bei der Antwort, denn auch ich spürte die Last der Erinnerung und gleichzeitig ihre Unzulänglichkeit. Was bleibt uns von einem Gesicht schon in Erinnerung? Nein, ich hatte kein Foto, ich hatte nur meine Erinnerung: und diese gehörte mir allein, sie war nicht zu beschreiben, ich besaß einzig und allein den Ausdruck von Xaviers Gesicht. Ich strengte mich an und sagte: »Er ist so groß wie ich, schlank, mit glattem Haar, ungefähr in meinem Alter, und manchmal hat er denselben Ausdruck wie Sie, Herr Doktor, denn wenn er lächelt, sieht es aus, als wäre er traurig.«

»Das ist keine sehr genaue Beschreibung«, sagte er, »aber es ist egal, ich erinnere mich ohnehin an keinen Janata Pinto, zumindest im Augenblick nicht.«

Wir befanden uns in einem sehr grauen, kahlen Zimmer. Im Hintergrund stand eine große Zementwanne, die aussah wie ein Waschtrog. Sie war voller Zettel. Neben der Wanne stand ein langer Tisch, der ebenfalls mit Papier übersät war. Der Arzt stand auf und ging in den hinteren Teil des Zimmers. Ich hatte den Eindruck, daß er hinkte. Er begann in den Papierbergen auf dem Tisch zu wühlen. Von weitem sah es aus, als ob es Heftseiten und Fetzen braunen Packpapiers wären.

»Das ist mein Archiv«, sagte er, »das alles sind Namen.«

Ich blieb vor dem Schreibtisch sitzen und betrachtete die wenigen Dinge, die darauf standen. Es gab eine kleine Glaskugel mit dem Modell der Tower Bridge darin und ein gerahmtes Foto von einem Haus, das aussah wie ein Schweizer Chalet. Es kam mir absurd vor. An einem der Fenster des Chalets sah man das Gesicht einer Frau, aber das Foto war verblichen, und die Umrisse waren verschwommen.

»Er ist doch nicht drogensüchtig, oder?« fragte er mich vom anderen Ende des Zimmers aus. »Drogensüchtige nehmen wir nämlich nicht auf.«

Ich schüttelte schweigend den Kopf. »Wahrscheinlich nicht«, sagte ich dann, »ich glaube nicht, aber ich weiß es nicht.«

»Aber woher wollen Sie wissen, daß er bei uns eingeliefert wurde, sind Sie sicher?«

»Eine Prostituierte des Khajuraho Hotels hat es mir gesagt, er hat dort letztes Jahr gewohnt.«

»Und Sie?« fragte er. »Wohnen Sie auch dort?«

»Ich habe letzte Nacht dort geschlafen, aber morgen ziehe ich um, ich versuche, wenn möglich, nicht länger als eine Nacht in einem Hotel zu bleiben.«

»Warum?« fragte er argwöhnisch. Er hatte einen Haufen Papier in den Armen und sah mich über die Ränder der Brille hinweg an.

»Einfach so«, sagte ich. »Es macht mir Spaß, jede Nacht umzuziehen, ich habe nur diesen kleinen Koffer bei mir.«

»Und für morgen haben Sie schon eine Entscheidung getroffen?«

»Noch nicht«, sagte ich, »ich glaube, ich würde gerne in ein sehr komfortables Hotel ziehen, vielleicht sogar in ein Luxushotel.«

»Sie könnten ins Taj Mahal gehen«, sagte er, »das ist das prunkvollste Hotel von ganz Asien.«

»Vielleicht ist das gar keine schlechte Idee«, sagte ich.

Er tauchte die Arme in die Wanne mit den Papierfetzen. »So viele Menschen«, sagte er. Er saß jetzt auf dem Rand der Wanne und putzte seine Brille. Er rieb sich die Augen mit dem Taschentuch, als ob sie müde wären oder entzündet. »Staub«, sagte er.

»Das Papier?« fragte ich.

Er senkte den Blick, drehte mir den Rücken zu. »Das Papier«, sagte er, »die Menschen.«

Ich hörte von fern ein dumpfes metallisches Dröhnen, als ob ein Eimer die Treppe hinabkollerte.

»Hier ist er jedenfalls nicht«, sagte er und ließ die Zettel fallen. »Ich glaube, es ist sinnlos, ihn unter all diesen Namen zu suchen.«

Ich stand unwillkürlich auf. Dies war der Moment, mich zu verabschieden; ich dachte, er wollte mir damit sagen, daß ich gehen sollte. Aber er schien sich dessen nicht bewußt zu sein, er ging zu einem Metallschrank, der vor langer Zeit einmal weiß lackiert gewesen sein mußte. Er stöberte darin herum und nahm Medikamente heraus, die er hastig in die Taschen seines Kittels steckte; ich hatte den Eindruck, daß er sie aufs Geratewohl herausnahm, ohne sie auszuwählen. »Wenn er noch hier ist, gibt es nur eine Möglichkeit, ihn zu finden, nämlich ihn zu suchen«, sagte er. »Ich muß meine Runde machen, wenn Sie möchten, können Sie mich begleiten.« Er ging zur Tür und öffnete sie. »Ich mache heute nacht eine längere Runde als gewöhnlich, aber vielleicht halten Sie es nicht für richtig, mit mir zu kommen.«

Ich erhob mich und folgte ihm. »Ich halte es für richtig«, sagte ich. »Darf ich mein Gepäck mitnehmen?«

Die Halle, in die wir durch die Tür gelangten, war ein sechseckiger Flur, von dem sechs Korridore abgingen. Er war vollgestellt mit Wäsche, Säcken, grauen Laken. Manche hatten violette und braune Flecke. Wir nahmen den ersten Korridor zu unserer Rechten, über dem Türstock befand sich eine in Hindi beschriebene Tafel, ein paar Buchstaben waren abgefallen und hatten einen hellen Fleck zwischen den roten Buchstaben hinterlassen.

»Fassen Sie nichts an«, sagte er, »und kommen Sie den Kranken nicht zu nahe. Ihr Europäer seid sehr empfindlich.«

Der Korridor war sehr lang, und die Wände waren in einem melancholischen Hellblau gestrichen. Der Boden war schwarz vor Kakerlaken, die unter unseren Schuhen zerplatzten, auch wenn wir, so gut es ging, versuchten, nicht auf sie zu treten. »Wir vertilgen sie«, sagte der Arzt,

»aber nach einem Monat kommen sie wieder, die Wände sind voller Larven, man müßte das ganze Krankenhaus abreißen.«

Der Korridor mündete in eine zweite Halle, die genauso aussah wie der Hauptflur, jedoch eng und finster und mit einer Zeltplane überdeckt war.

»Was für einen Beruf hatte Herr Janata Pinto?« fragte er mich, während er die Plane beiseite schob.

Ich wollte schon sagen: »Simultandolmetscher«, was ich vielleicht auch hätte sagen sollen. Statt dessen sagte ich: »Er schrieb Erzählungen.«

»Ah«, sagte er. »Geben Sie acht, da ist eine Stufe. Wovon handelten sie?«

»Nun«, sagte ich, »ich weiß nicht, wie ich das erklären soll, sagen wir, sie handelten von Mißgeschicken und Irrtümern, eine zum Beispiel hatte einen Mann zum Inhalt, der sein Leben lang von einer Reise träumt, und als er schließlich die Gelegenheit hat, sie zu machen, stellt er fest, daß er keine Lust mehr dazu hat.«

»Aber er ist doch abgereist«, sagte der Arzt.

»So scheint es«, sagte ich, »in der Tat.«

Der Arzt ließ den Vorhang hinter uns fallen. »Hier in diesem Saal sind an die hundert Menschen«, sagte er, »ich glaube, es wird kein angenehmer Anblick für Sie sein. Die hier sind schon seit einiger Zeit da, Ihr Freund könnte darunter sein, auch wenn ich es nicht für wahrscheinlich halte.«

Ich folgte ihm, und wir betraten den größten Saal, den ich je gesehen habe. Er war beinahe so groß wie ein Hangar, und an den Wänden und in drei Mittelreihen standen Betten oder vielmehr Pritschen. Von der Decke hingen ein paar schwache Glühbirnen, und ich blieb einen Augenblick lang stehen, weil der Geruch sehr intensiv war. Neben der Eingangstür hockten zwei in Lumpen gekleidete Männer, die verschwanden, als wir eintraten.

»Das sind Unberührbare«, sagte der Arzt. »Sie kümmern sich um die körperlichen Bedürfnisse der Kranken, niemand anders würde diese Arbeit verrichten. So ist Indien nun einmal.«

Im ersten Bett lag ein alter Mann. Er war vollkommen nackt und sehr mager. Er sah aus wie tot, aber seine Augen standen weit offen, und er blickte uns ausdruckslos an. Er hatte einen riesigen Penis, der sich auf seinem Bauch ringelte. Der Arzt trat auf ihn zu und berührte seine Stirn. Ich hatte den Eindruck, daß er ihm ein Medikament in den Mund schob, aber ich konnte es nicht genau sehen, weil ich am Fußende des Betts stand. »Er ist ein Sadhu, seine Geschlechtsorgane sind Gott geweiht, früher wurde er von den unfruchtbaren Frauen verehrt, aber er selbst hat kein einziges Mal in seinem Leben gezeugt.«

Dann ging er weiter, und ich folgte ihm. Er blieb bei jedem Bett stehen, während ich etwas abseits stand und das Gesicht des Kranken betrachtete. Bei manchen blieb er länger stehen, murmelte ein paar Worte, verteilte Medikamente. Bei anderen wiederum blieb er nur ganz kurz stehen und berührte ihre Stirn. Die Wände hatten rote Flecke von ausgespucktem Betel, und die Hitze war drückend. Oder vielleicht war es auch der allzu intensive Geruch, der einem das Gefühl gab, ersticken zu müssen. Die Ventilatoren an der Decke standen jedenfalls still. Dann kam der Arzt zurück, und ich folgte ihm schweigend.

»Hier ist er nicht«, sagte ich, »unter diesen da ist er nicht.«

Er schob mit unveränderter Höflichkeit wieder den Vorhang beiseite, hinter dem die Halle lag, und ließ mich vorangehen.

»Die Hitze ist unerträglich«, sagte ich, »und die Ventilatoren stehen still, es ist unglaublich.«

»In Bombay ist nachts die Spannung sehr schwach«, sagte er.

»Aber ihr habt doch einen Atomreaktor in Trombay, ich habe vom Strand aus den Schlot gesehen.«

Er lächelte schwach. »Die Energie ist fast zur Gänze für die Fabriken bestimmt, für die Luxushotels und das Viertel um den Marine Drive, hier müssen wir uns mit dem Rest zufriedengeben.«

Er ging wieder den Korridor entlang, diesmal in die entgegengesetzte Richtung. »So ist Indien nun einmal«, sagte er abschließend.

»Haben Sie hier studiert?« fragte ich.

27

Er blieb kurz stehen, um mich anzusehen, und ich glaubte in seinen Augen einen Anflug von Wehmut zu sehen. »Ich habe in London studiert«, sagte er, »und mich dann in Zürich zum Facharzt ausbilden lassen.« Er zog sein Bastetui aus der Tasche und nahm eine Zigarette heraus. »Eine für Indien absurde Ausbildung. Ich bin Kardiologe, aber hier ist niemand herzkrank, nur bei euch in Europa stirbt man am Infarkt.«

»Und woran stirbt man hier?« fragte ich.

»An allem, was nichts mit dem Herz zu tun hat: an Syphilis, Tuberkulose, Lepra, Typhus, Blutvergiftung, Cholera, Meningitis, Pellagra, Diphtherie und so weiter. Aber mir hat es Spaß gemacht, das Herz zu studieren, diesen Muskel zu verstehen, der über unser Leben gebietet – so …« Und er machte eine Bewegung mit der Hand, indem er die Faust öffnete und schloß. »Vielleicht dachte ich, ich würde darin etwas finden.«

Der Korridor mündete auf einen kleinen überdachten Hof vor einem niedrigen Backsteinpavillon.

»Sind Sie gläubig?« fragte ich.

»Nein«, sagte er, »ich bin Atheist. Atheist zu sein ist das größte Unglück hier in Indien.«

Wir gingen über den Hof und blieben vor der Tür des Pavillons stehen.

»Hier drin sind die Unheilbaren«, sagte er. »Es besteht eine vage Möglichkeit, daß sich Ihr Freund unter ihnen befindet.«

»Was haben sie?« fragte ich.

»Alles, was man sich vorstellen kann«, sagte er, »aber vielleicht ist es besser, wenn Sie jetzt gehen.«

»Das glaube ich auch«, sagte ich.

»Ich begleite Sie«, sagte er.

»Nein, lassen Sie sich bitte nicht stören, vielleicht kann ich durch das Gittertor da hinaus, ich glaube, es führt auf die Straße.«

»Ich heiße Ganesh«, sagte er, »wie der fröhliche Gott mit dem Elefantengesicht.«

Auch ich nannte ihm meinen Namen, bevor ich ging. Das Tor war nur ein paar Schritte entfernt, hinter einer Jasminhecke. Es war offen. Als ich mich noch einmal nach ihm umwandte, sagte er: »Soll ich ihm etwas sagen, wenn ich ihn finde?«

»Nein, bitte nicht«, sagte ich, »sagen Sie nichts.«

Er nahm das Toupet ab wie einen Hut und machte eine kleine Verbeugung. Ich trat auf die Straße hinaus. Es dämmerte bereits, und die Menschen auf den Gehsteigen wachten langsam auf. Manche rollten die Strohmatten ein, auf denen sie während der Nacht geschlafen hatten. Die Straße war übersät mit Krähen, die um Kuhfladen herumhüpften. Neben der Treppe stand ein klappriges Taxi, dessen Chauffeur eingenickt war, das Gesicht an das Fenster gelehnt.

»Taj Mahal«, sagte ich beim Einsteigen.

3

Die einzigen Einwohner Bombays, die sich nicht um die im Taj Mahal geltenden »Aufnahmebestimmungen« kümmern, sind die Krähen. Sie lassen sich langsam auf die Terrasse des Inter-Continental herabsinken, sitzen faul auf den Fenstern des ältesten, im Mogulstil erbauten Trakts, hocken auf den Ästen der Mangobäume im Garten, hüpfen über den makellosen Rasen rund um den Pool. Sie würden auch vom Rand des Pools aus Wasser trinken oder die Orangenschalen von den Martinigläsern picken, wenn da nicht ein beflissener Diener in Livree wäre, der sie mit dem Cricketschläger verjagte: ein absurdes, von einem spleenigen Regisseur inszeniertes Match. Mit den Krähen muß man aufpassen, sie haben einen schmutzigen Schnabel. Die Stadtverwaltung von Bombay sah sich gezwungen, die riesigen Reservoire des Aquädukts mit Deckeln zu verschließen, denn die Vögel, die dafür sorgen, daß die von den Parsen auf den Türmen des Schweigens ausgelegten Leichen in den »Kreislauf des Lebens« zurückkehren (zahlreiche Türme befinden sich im Viertel Malabar Hill), haben schon öfter ein paar Bissen ins Wasser fallen lassen. Aber auch mit dieser Maßnahme ist es der Stadtverwaltung nicht gelungen, das Hygieneproblem zu lösen, denn es gibt ja auch das Problem mit den Ratten, den Insekten, den lecken Abwasserkanälen. In Bombay ist es besser, kein Wasser zu trinken. Außer im Taj Mahal, das eine eigene Kläranlage besitzt und stolz auf sein Wasser ist. Denn das Taj ist kein Hotel: mit seinen achthundert Zimmern ist es eine Stadt in der Stadt.

Als ich diese Stadt betrat, wurde ich von einem als indischer Prinz verkleideten Portier mit roter Schärpe und rotem Turban empfangen; er begleitete mich zur Rezeption ganz aus Messing, in der sich weitere, ebenfalls als Maharadscha verkleidete Angestellte befanden. Vielleicht dachten sie, auch ich sei verkleidet, vielleicht hielten sie mich für einen Reichen, der sich jedoch im Gegensatz zu ihnen als Armer verkleidet hatte, denn sie gaben sich große Mühe, im elegantesten Trakt des Gebäudes, der mit antiken Möbeln eingerichtet ist und auf den Gateway of India blickt, ein Zimmer für mich zu finden. Einen Augenblick lang war ich versucht zu sagen, daß ich nicht aus Geschmacksgründen hier war, sondern einzig und allein, um in einer unverschämt komfortablen Umgebung zu schlafen, und daß sie mich auch in irgendeinem Zimmer mit peinlich modernem Mobiliar unterbringen konnten, selbst der Wolkenkratzer des Inter-Continental war mir recht. Aber dann hielt ich es für grausam, sie derart zu enttäuschen. Die Pfauensuite lehnte ich allerdings ab. Sie sei zu groß für eine Person allein, es sei keineswegs wegen des Preises, fügte ich hinzu, um die Stilebene beizubehalten, die ich nun einmal gewählt hatte.

Das Zimmer war beeindruckend, mein kleiner Koffer

war auf mysteriösen Wegen vor mir ins Zimmer gelangt und stand nun auf einem geflochtenen Hocker, die Wanne war bereits randvoll mit Wasser und Badeschaum, ich legte mich hinein und hüllte mich danach in ein Badetuch aus Leinen, die Fenster blickten auf das Arabische Meer, inzwischen war es beinahe heller Tag, der Strand war in rosarotes Licht getaucht, unterhalb des Taj Mahals erwachte das indische Leben, die schweren grünen Samtvorhänge ließen sich sanft und weich wie ein Theatervorhang vorziehen, und nachdem ich sie vor die Landschaft gezogen hatte, bestand das Zimmer nur noch aus Halbschatten und Stille, das träge, beruhigende Brummen des großen Ventilators summte mich in den Schlaf, und ich dachte gerade noch, daß auch dies ein überflüssiger Luxus sei, denn die Klimaanlage funktionierte einwandfrei, und schon war ich in einer alten Kapelle auf einem Hügel irgendwo am Mittelmeer, die Kapelle war weiß gestrichen, und es war sehr heiß, wir hatten Hunger, und Xavier holte lachend Brötchen und kühlen Wein aus dem Korb, und auch Isabel lachte, während Magda eine Decke im Gras ausbreitete, tief unter uns war das blaue Meer, und im Schatten der Kapelle wanderte ein einsamer Esel herum. Es war jedoch kein Traum, sondern eine wirkliche Erinnerung: ich blickte ins Dunkel des Zimmers und sah diese weit zurückliegende Szene vor mir, die mir wie ein Traum erschien, weil ich viele Stunden geschlafen hatte und meine Uhr vier Uhr nachmittags anzeigte. Ich blieb lange im Bett liegen und dachte an jene Zeit, ließ Landschaften an mir vorüberziehen, Gesichter, Leben. Ich erinnerte mich an die Autofahrten durch den Pinienwald, an die Namen, die wir uns gegeben hatten, an Xaviers Gitarre und die schrille Stimme Magdas, die, indem sie die Stimme eines Ausrufers auf einem Volksfest imitierte, mit ironischem Ernst verkündete: Meine Damen und Herren, wir bitten einen Moment um Ihre Aufmerksamkeit, wir haben hier bei uns: die italienische Nachtigall! Und ich war kein Spielverderber und stimmte alte neapolitanische Schlager an, machte die altmodischen Triller der Sänger von früher nach, während die anderen lachten und applaudierten. Unter uns hieß ich Roux, und ich hatte mich damit abgefunden: es waren die Anfangsbuchstaben von Rouxinol, was auf portugiesisch Nachtigall heißt. In dieser Abkürzung schien es ein schöner exotischer Name zu sein, man brauchte sich gar nicht darüber zu ärgern. Und dann ließ ich die folgenden Sommer an mir vorüberziehen. Magda weinte, und ich dachte, warum? Hatte sie vielleicht recht? Und Isabel und ihre Illusionen? Und als die Umrisse dieser Erinnerungen so unerträglich scharf wurden, als würden sie von einem Projektor an die Wand geworfen, stand ich auf und verließ das Zimmer.

Um sechs Uhr abends ist es ein wenig zu spät für das Mittagessen und ein wenig zu früh für das Abendessen. Aber im Taj Mahal, hieß es in meinem Reiseführer, kann man dank seiner vier Restaurants zu jeder Stunde essen.

Im letzten Stockwerk des Apollo Bunder befand sich das Rendez-Vous, aber es war wirklich zu intim. Und zu teuer. Ich machte kurz in der Apollo Bar halt, setzte mich an einen Tisch neben der Glaswand der Terrasse und betrachtete die ersten Lichter des Abends, die Uferpromenade war eine einzige Girlande, ich trank zwei Gin Tonics, die mich in gute Laune versetzten, und schrieb einen Brief an Isabel. Ich schrieb lange und ohne Unterbrechung, leidenschaftlich, und ich erzählte ihr alles. Ich schrieb ihr von jenen weit zurückliegenden Tagen, von meiner Reise und davon, wie mit der Zeit die alten Gefühle wieder auftauchten. Ich sagte ihr auch Dinge, die ich nie hätte sagen wollen, und als ich den Brief durchlas, mit der benommenen Fröhlichkeit dessen, der auf nüchternen Magen getrunken hat, wurde mir klar, daß der Brief eigentlich für Magda bestimmt war, an sie hatte ich ihn geschrieben, gewiß, auch wenn er mit »Liebe Isabel« begann; und so knüllte ich ihn zusammen und ließ ihn im Aschenbecher liegen, dann ging ich ins Erdgeschoß hinunter und betrat das Tanjore Restaurant und bestellte ein üppiges Abendmahl, wie es sich für einen als Armen verkleideten Prinzen gehörte. Und als ich mit dem Essen fertig war, war es Nacht, das Taj belebte sich langsam, und seine Lichter funkelten, auf dem Rasen rund um den Pool standen die livrierten Diener, bereit, die Krähen zu verjagen, und ich nahm Platz auf einem Diwan mitten in der Lobby, die so groß war wie ein Fußballfeld, und betrachtete den Luxus. Ich weiß nicht, von wem der Ausspruch stammt, in der reinen Tätigkeit des Schauens stecke stets ein wenig Sadismus. Es fiel mir nicht mehr ein, aber ich spürte, daß in diesem Satz ein Körnchen Wahrheit lag: und so schaute ich mit noch mehr Lust und gab mich völlig dem Gefühl hin, nur aus zwei schauenden Augen zu bestehen, während ich selbst woanders war, ohne zu wissen, wo. Ich betrachtete die Frauen und die Juwelen, die Turbane, die Feze, die Schleier, die Schleppen, die Abendroben, die Moslems und die amerikanischen Millionäre, die Ölscheichs und die schneeweiß gekleideten, lautlosen Bediensteten: ich hörte dem Lachen, den verständlichen und unverständlichen Sätzen, dem Flüstern, dem Rascheln zu. Und all das dauerte die ganze Nacht, beinahe bis zum Morgengrauen. Dann, als die Stimmen verklangen und die Lichter verlöschten, legte ich den Kopf auf die Kissen des Diwans und schlief. Nicht lange jedoch, denn das erste Schiff nach Elephanta läuft um sieben aus, direkt vor dem Taj: und auf diesem Schiff sollte außer einem älteren japanischen Ehepaar mit dem Fotoapparat um den Hals auch ich sein.

4

»Was machen wir bloß in unserem Körper«, sagte der Herr, der sich gerade darauf vorbereitete, sich in dem Bett neben dem meinen auszustrecken.

In seiner Stimme lag kein fragender Tonfall, und vielleicht war es auch keine Frage, sondern eine auf seine Art und Weise getroffene Feststellung, aber selbst wenn es eine Frage gewesen wäre, hätte ich keine Antwort gewußt. Vom Bahnsteig draußen drang gelbes Licht herein und zeichnete auf die Wände, von denen die Farbe abblätterte, den schmalen Schatten meines Reisegefährten, der gewandt das Zimmer durchquerte, vorsichtig und diskret, wie mir schien, wie alle Inder. Aus der Ferne war eine langgezogene und monotone Stimme zu hören, ein Gebet vielleicht oder eine einsame und hoffnungslose Klage, eines jener Klagelieder, die nur sich selbst zum Ausdruck bringen, ohne etwas zu verlangen. Es war mir unmöglich, es zu enträtseln. Auch das war Indien: ein Universum monotoner, gleichförmiger, nicht zu unterscheidender Töne.

»Vielleicht reisen wir darin«, sagte ich.

Seit seinem ersten Satz mußte etwas Zeit vergangen sein, ich hatte mich in weitschweifigen Betrachtungen verloren, vielleicht war ich auch ein paar Minuten eingenickt. Ich war sehr müde.

Er sagte: »Wie bitte?«

»Ich meinte unseren Körper«, sagte ich. »Vielleicht wie ein Koffer, in dem wir uns selbst herumtragen.«

Über der Tür befand sich ein blaues Nachtlicht, wie in den Waggons der Nachtzüge. Zusammen mit dem gelben Licht, das durch das Fenster hereindrang, ergab es ein grünliches Licht, fast wie in einem Aquarium. Ich betrachtete ihn, und in dem grünlichen, fast melancholischen Licht sah ich sein spitzes Profil mit der leicht gekrümmten Nase und seine Hände, die er vor der Brust verschränkt hatte.

»Kennen Sie Mantegna?« fragte ich ihn. Auch meine Frage war absurd, aber bestimmt nicht absurder als die seine.

»Nein«, sagte er, »ist er Inder?«

»Italiener«, sagte ich.

»Ich kenne nur Engländer«, sagte er, »die einzigen Europäer, die ich kenne, sind Engländer.«

In der Ferne hob wieder die Klage an, diesmal mit größerer Intensität und durchdringender, und einen Augenblick lang dachte ich, es sei ein Schakal.

»Es ist ein Tier«, sagte ich, »was meinen Sie?«

»Ich dachte, Sie sprechen von einem Freund«, antwortete er leise.

»Nein, nein«, sagte ich, »ich meine die Stimme, die von draußen kommt, Mantegna ist ein Maler, ich habe ihn nicht gekannt, er ist seit mehreren Jahrhunderten tot.«

Der Mann holte tief Atem. Er war weiß gekleidet, aber er war kein Muslim, das konnte ich sehen. »Ich bin in England gewesen«, sagte er, »aber früher sprach ich auch Französisch, wenn Sie wollen, können wir uns auch auf französisch unterhalten.« Seine Stimme war völlig neutral, als würde er vor dem Schalter einer Behörde eine Erklärung abgeben, und aus irgendeinem Grund beunruhigte mich dies. »Es ist ein Jainist«, sagte er nach ein paar Sekunden, »er weint, weil die Welt schlecht ist.«

Ich sagte: »Ach so«, denn ich hatte verstanden, daß er jetzt das Klagelied in der Ferne meinte.

»In Bombay gibt es nicht viele Jainisten«, sagte er dann in einem Tonfall, als würde er einem Touristen etwas erklären, »im Süden hingegen gibt es noch viele. Es ist eine sehr schöne und sehr dumme Religion.« Das sagte er nicht verächtlich, sondern noch immer im neutralen Ton einer Feststellung.

»Entschuldigen Sie bitte meine Neugier«, sagte ich, »aber welcher Religion gehören Sie an?«

»Ich bin Jainist«, sagte er.

Die Bahnhofsuhr schlug Mitternacht. Die Klage in der Ferne brach mit einemmal ab, als würde sie sich nach der Uhrzeit richten. »Ein neuer Tag hat begonnen«, sagte der Mann, »in diesem Augenblick hat ein neuer Tag begonnen.«

Ich schwieg, seine Behauptungen ließen keinen Platz für Zwischenbemerkungen. Es vergingen ein paar Minuten, und mir schien, als ob die Lichter auf dem Bahnsteig schwächer geworden wären. Der Atem meines Reisegefährten ging nun stockend und langsam, als ob er schliefe. Ich schreckte beinahe hoch, als er wieder zu sprechen begann. »Ich fahre nach Varanasi«, sagte er, »und Sie?«

»Nach Madras«, sagte ich.

»Madras«, wiederholte er, »ja, ja.«

»Ich möchte den Ort sehen, an dem der Apostel Thomas angeblich den Märtyrertod starb, die Portugiesen errichteten dort im sechzehnten Jahrhundert eine Kirche, ich weiß nicht, was davon übriggeblieben ist. Und dann muß ich nach Goa, ich muß eine alte Bibliothek aufsuchen, deshalb bin ich nach Indien gekommen.«

»Ist es eine Pilgerreise?« fragte er.

Ich verneinte. Dann sagte ich, vielleicht doch, aber nicht im religiösen Sinn des Wortes. Allenfalls war es eine private Pilgerreise, wie sollte ich sagen, ich suchte bloß Spuren.

»Sie sind wohl Katholik«, sagte mein Reisegefährte.

»Alle Europäer sind gewissermaßen Katholiken«, sagte ich, »oder zumindest Christen, es ist praktisch dasselbe.«

Der Mann wiederholte das Adverb, das ich verwendet hatte, als ob er es kostete. Er sprach ein sehr elegantes Englisch, mit kleinen Pausen und etwas zögernden, in die Länge gezogenen Konjunktionen, wie es auf manchen Universitäten üblich war, stellte ich fest. *Practically ... actually«*, sagte er. »Was für seltsame Wörter, ich habe sie in England oft gehört, ihr Europäer verwendet oft diese Wörter.« Er machte eine längere Pause, aber ich verstand, daß er noch nicht zu Ende gesprochen hatte. »Es ist mir nie gelungen festzustellen, ob aus Pessimismus oder Optimismus«, fuhr er fort, »was meinen Sie?«

Ich bat ihn, sich genauer auszudrücken.

»Ach«, sagte er, »es ist schwierig, sich genauer auszudrücken. Nun, manchmal frage ich mich, ob dieses Wort Hochmut zum Ausdruck bringt oder nur Zynismus. Und vielleicht auch große Angst. Verstehen Sie mich?«

»Ich weiß nicht«, sagte ich, »es ist nicht ganz leicht. Aber das Wort ›praktisch‹ bedeutet praktisch nichts.«

Mein Reisegefährte lachte. Es war das erste Mal, daß er lachte. »Sie sind sehr gewitzt«, sagte er, »Sie haben mich widerlegt, und gleichzeitig haben Sie mir recht gegeben, *praktisch*.«

Auch ich lachte, und dann sagte ich schnell: »In meinem Fall ist es praktisch Angst.«

Wir schwiegen eine Weile, mein Gefährte bat mich um die Erlaubnis zu rauchen. Er kramte in einer Tasche, die neben seinem Bett stand, und im Zimmer verbreitete sich der Geruch jener kleinen, aromatischen indischen Zigaretten, die aus einem einzigen Tabakblatt bestehen.

»Ich habe einmal das Evangelium gelesen«, sagte er, »das ist ein sehr seltsames Buch.«

»Nur seltsam?«

Er zögerte. »Auch sehr hochmütig«, sagte er dann, »aber das meine ich nicht böse.«

»Ich fürchte, ich kann Ihnen nicht recht folgen«, sagte ich.

»Ich meinte Christus«, sagte er.

Die Bahnhofsuhr schlug halb eins. Ich spürte, daß ich langsam schläfrig wurde. Von dem Park hinter den Gleisen hörte man das Krächzen der Krähen. »Varanasi ist Benares«, sagte ich, »das ist eine heilige Stadt, machen auch Sie eine Pilgerfahrt?«

Mein Gefährte drückte die Zigarette aus und hustete leicht. »Ich fahre dorthin, um zu sterben«, sagte er, »ich habe nur noch wenige Tage zu leben.« Er schob sich das Kissen unter dem Kopf zurecht. »Aber vielleicht sollten wir jetzt schlafen«, fuhr er fort, »wir haben nicht mehr viel Zeit, mein Zug geht um fünf Uhr.«

»Meiner kurz danach«, sagte ich.

»Haben Sie keine Angst«, sagte er, »der Bahnhofsdiener wird Sie rechtzeitig aufwecken. Ich nehme an, wir werden keine Gelegenheit mehr haben, uns in der Gestalt wiederzusehen, in der wir uns kennengelernt haben, in unseren gegenwärtigen Koffern. Ich wünsche Ihnen eine gute Reise.«

»Auch Ihnen eine gute Reise«, antwortete ich.

Zweiter Teil

5

In meinem Reiseführer hieß es, das beste Restaurant in Madras sei das ›Mysore‹ im Coromandel Hotel, und ich war sehr gespannt, ob dies auch zutraf. In der Boutique im Erdgeschoß kaufte ich ein weißes Hemd im indischen Stil und eine elegante Hose. Dann ging ich in mein Zimmer hinauf und nahm ein langes Bad, um die Spuren der Reise abzuwaschen. Die Zimmer des Coromandel sind in imitiertem Kolonialstil eingerichtet, jedoch geschmackvoll. Mein Zimmer ging nach hinten hinaus, auf einen gelblichen, von wilder Vegetation gesäumten Platz. Es war riesengroß, mit zwei breiten Betten und hübschen Decken darauf. An der Wand neben dem Fenster stand ein Schreibtisch mit einer Schublade in der Mitte und drei Laden links und rechts. Es war reiner Zufall, daß ich die unterste Lade rechts auswählte, um meine Papiere hineinzulegen.

Ich ging viel später hinab, als ursprünglich vorgesehen, aber das ›Mysore‹ war ohnehin bis Mitternacht geöffnet. Es war ein Restaurant mit einer großen Glasveranda mit

Blick auf den Pool, mit runden Tischen und Nischen aus grünlackiertem Bambus. Die Lampen auf den Tischen spendeten blaues Licht, und es war sehr stimmungsvoll. Von einem rot drapierten Podium aus unterhielt ein Klavierspieler die Gäste mit einer sehr dezenten Musik. Der Kellner führte mich an einen Tisch und war mir bei der Auswahl der Speisen behilflich. Ich gönnte mir drei Gänge und trank frischen Mangosaft. Die Gäste waren fast ausschließlich Inder, nur am Nebentisch saßen zwei Engländer, die aussahen wie Professoren und sich über drawidische Kunst unterhielten. Ihr Gespräch war sachlich und kompetent, und ich machte mir einen Spaß daraus, während des ganzen Abendessens mit Hilfe meines Führers zu überprüfen, ob die Informationen, die sie austauschten, richtig waren. Hin und wieder irrte sich einer in der Jahreszahl, aber der andere schien es nicht zu bemerken. Zufällig mit angehörte Gespräche sind seltsam: Ich hätte die beiden für alte Studienkollegen gehalten, und erst als sie sich gegenseitig anvertrauten, daß sie am nächsten Tag auf den Flug nach Colombo verzichten würden, begriff ich, daß sie sich eben erst kennengelernt hatten. Als ich das Restaurant verließ, war ich versucht, in der Halle an der English Bar haltzumachen, aber dann dachte ich, daß ich bei meiner Müdigkeit auch ohne alkoholische Hilfsmittel auskommen würde, und ging in mein Zimmer hinauf.

Als das Telefon klingelte, putzte ich mir gerade die

Zähne. Im ersten Augenblick dachte ich, es wäre die Theosophical Society, die mir eine telefonische Bestätigung versprochen hatte, aber während ich zum Telefon ging, schloß ich angesichts der Uhrzeit diese Möglichkeit aus. Dann erinnerte ich mich, vor dem Abendessen dem Portier mitgeteilt zu haben, daß ein Wasserhahn im Bad tröpfelte. Und es war auch wirklich der Portier. »Entschuldigen Sie, mein Herr, eine Dame möchte Sie sprechen.«

»Wie bitte?« antwortete ich, mit der Zahnbürste im Mund.

»Eine Dame möchte Sie sprechen«, wiederholte die Stimme am Telefon. Ich hörte das Klicken des Umschalters, und eine weibliche Stimme sagte leise und entschieden: »Ich habe vor Ihnen das Zimmer bewohnt, ich muß unbedingt mit Ihnen sprechen, ich bin in der Halle.«

»Wenn Sie mir fünf Minuten Zeit geben, können wir uns an der English Bar treffen«, sagte ich, »sie müßte noch offen sein.«

»Ich komme lieber zu Ihnen hinauf«, sagte sie, ohne mir Zeit zu einer Antwort zu geben. »Es ist äußerst dringend.«

Als es klopfte, war ich gerade mit dem Ankleiden fertig. Ich sagte, die Tür sei offen, und sie öffnete sie, wobei sie einen Augenblick lang auf der Schwelle stehenblieb, um mich anzusehen. Der Korridor lag im Halbdunkel. Ich konnte nur sehen, daß sie groß war und einen Schal um die

44

Schultern trug. Sie trat ein und schloß die Tür hinter sich. Ich saß auf einem Sessel, mitten im Licht, und stand auf. Ich wartete schweigend. Und sie begann auch tatsächlich zu sprechen. Sie sprach, ohne näher zu treten, mit derselben leisen und festen Stimme wie am Telefon. »Ich bitte Sie, mein Eindringen zu entschuldigen, es muß Ihnen schrecklich unhöflich erscheinen, aber leider zwingen mich die Umstände dazu.«

»Hören Sie«, sagte ich, »Indien ist grundsätzlich geheimnisvoll, aber Rätselraten ist nicht meine Stärke, also ersparen Sie mir unnötiges Kopfzerbrechen.«

Sie sah mich mit gespielter Verwunderung an. »Ich habe schlicht und einfach ein paar Sachen im Zimmer gelassen, die mir gehören«, sagte sie ruhig. »Ich bin gekommen, sie mir zu holen.«

»Ich habe mir schon gedacht, daß Sie zurückkommen würden«, sagte ich, »aber ehrlich gesagt habe ich Sie nicht so früh erwartet, oder besser gesagt, nicht so spät.«

Die Frau sah mich mit wachsender Verwunderung an. »Was wollen Sie damit sagen?«

»Daß Sie eine Diebin sind«, sagte ich.

Die Frau blickte zum Fenster und nahm den Schal von den Schultern. Ich hatte den Eindruck, daß sie schön war, aber vielleicht war es auch nur das gedämpfte Licht der Lampe, das ihrem Gesicht etwas Aristokratisches und Distanziertes verlieh. Sie war nicht mehr ganz jung, und ihr Körper war voller Anmut.

»Sie sind sehr kategorisch«, sagte sie. Sie strich sich mit der Hand über das Gesicht, als wolle sie die Müdigkeit vertreiben oder einen Gedanken. Ein leichter Schauer lief über ihre Schultern. »Was soll das heißen, stehlen?« fragte sie.

Schweigen machte sich zwischen uns breit, und ich hörte erneut das zermürbende Tröpfeln des Wasserhahns. »Ich habe vor dem Abendessen angerufen«, sagte ich, »und man hat mir versichert, daß man ihn sofort reparieren würde. Es ist ein unerträgliches Geräusch, ich glaube, es wird mir das Einschlafen nicht gerade erleichtern.«

Sie lächelte. Sie lehnte an der Bambuskommode, und ein Arm hing an ihrer Hüfte herab, als ob sie sehr müde wäre. »Ich glaube, Sie werden sich daran gewöhnen müssen«, sagte sie. »Ich war eine Woche lang hier und habe zehnmal darum gebeten, ihn reparieren zu lassen, dann habe ich resigniert.« Sie machte eine kleine Pause. »Sind Sie Franzose?«

»Nein«, antwortete ich.

Sie sah mich erschöpft an. »Ich bin mit dem Taxi von Madurai aus hergekommen«, sagte sie, »ich war den ganzen Tag unterwegs.« Sie strich sich mit dem Schal über die Stirn wie mit einem Taschentuch. Einen Augenblick lang glaubte ich auf ihrem Gesicht einen Ausdruck von Verzweiflung zu sehen. »Indien ist schrecklich«, sagte sie, »und die Straßen sind die reine Hölle.«

»Madurai ist sehr weit weg«, antwortete ich, »warum gerade Madurai?«

»Ich wollte nach Trivandrum und dann weiter nach Colombo.«

»Aber auch von Madras gibt es ein Flugzeug nach Colombo«, wandte ich ein.

»Das wollte ich nicht nehmen«, sagte sie, »ich habe meine Gründe, wie Sie sich bestimmt vorstellen können.« Sie machte eine resignierte Geste. »Inzwischen habe ich es ohnehin verpaßt.«

Sie sah mich fragend an, und ich sagte: »Es ist noch alles dort, wo Sie es hingelegt haben, in der untersten Schublade rechts.«

Der Schreibtisch stand hinter ihr, es war ein Bambus-schreibtisch mit Messingkanten und einem großen Spiegel, in dem ihre nackten Schultern zu sehen waren. Sie öffnete die Lade und nahm ein Bündel Papiere heraus, das von einem Gummiband zusammengehalten wurde.

»Es ist doch zu dumm«, sagte sie, »erst macht man so etwas, und dann läßt man alles in einer Lade liegen. Ich habe es eine Woche lang im Hotelsafe aufbewahren lassen, und dann habe ich es hier vergessen, als ich die Koffer packte.«

Sie sah mich an, als erwartete sie meine Zustimmung.

»Es ist wirklich dumm«, sagte ich, »eine derart hohe Summe ins Ausland zu transferieren ist ein großer Coup, und Sie erlauben sich so einen groben Schnitzer.«

»Vielleicht war ich zu aufgeregt«, sagte sie.

»Oder zu sehr damit beschäftigt, sich zu rächen«, fügte ich hinzu. »Ihr Brief ist beeindruckend, es ist ein grausamer Racheakt, und er kann nichts dagegen unternehmen, wenn Sie schnell genug sind. Es ist nur eine Frage der Zeit.«

Ihre Augen leuchteten auf, als sie mich im Spiegel ansah. Dann drehte sie sich plötzlich um, bebend und mit gerecktem Hals. »Sie haben auch meinen Brief gelesen!« rief sie empört aus.

»Ich habe ihn sogar zum Teil abgeschrieben«, sagte ich.

Sie sah mich verwundert oder vielleicht auch angstvoll an. »Abgeschrieben«, murmelte sie, »warum?«

»Nur den Schlußteil«, sagte ich, »es tut mir leid, aber es war stärker als ich. Im übrigen weiß ich ja nicht einmal, an wen er gerichtet ist, ich habe nur begriffen, daß es ein Mann ist, unter dem Sie wohl sehr gelitten haben.«

»Er hatte zuviel Geld«, sagte sie, »er glaubte, alles kaufen zu können, selbst die Menschen.« Dann zeigte sie mit einer nervösen Geste auf sich selbst, und ich verstand.

»Nun, ich glaube, ich habe ungefähr verstanden, wie die Sache gelaufen ist. Sie haben jahrelang nicht existiert, Sie waren nur ein erfundener Name, bis Sie eines Tages beschlossen, diesem Namen eine Wirklichkeit zu geben. Und diese Wirklichkeit sind Sie. Aber ich kenne von Ihnen nur den Namen, mit dem Sie unterzeichnet haben, es ist ein weit verbreiteter Name, und ich habe nicht die Absicht, mehr zu erfahren.«

»Das stimmt«, sagte sie, »auf der Welt wimmelt es von Margareths.«

Sie ging vom Schreibtisch weg und setzte sich auf den Hocker vor dem Toilettentisch. Sie stützte die Ellbogen auf die Knie und legte die Hände vors Gesicht. So blieb sie lange mit bedecktem Gesicht schweigend sitzen.

»Was werden Sie tun?« fragte ich.

»Ich weiß nicht«, sagte sie, »ich habe große Angst. Ich muß morgen auf dieser Bank in Colombo sein, sonst löst sich das viele Geld in Rauch auf.«

»Hören Sie zu«, sagte ich, »es ist mitten in der Nacht, um diese Zeit können Sie nicht nach Trivandrum fahren, und das morgige Flugzeug würden Sie ohnehin nicht erreichen. Aber morgen früh geht von hier ein Flugzeug nach Colombo, Sie haben Glück, denn wenn Sie rechtzeitig da sind, bekommen Sie einen Platz, und offiziell haben Sie dieses Hotel ja verlassen.«

Sie sah mich an, als hätte sie nicht verstanden. Sie sah mich lange an, eindringlich und forschend.

»Was mich anbelangt, sind Sie wirklich abgereist«, fügte ich hinzu, »und in diesem Zimmer stehen zwei bequeme Betten.«

Sie schien sich zu entspannen. Sie schlug die Beine übereinander und versuchte ein Lächeln. »Warum machen Sie das?« fragte sie.

»Ich weiß nicht«, sagte ich, »vielleicht weil ich Mitgefühl für Fliehende habe. Und außerdem habe ich Ihnen auch etwas gestohlen.«

»Ich habe meinen Koffer an der Rezeption gelassen«, sagte sie.

»Vielleicht ist es klüger, ihn dort zu lassen, Sie können ihn morgen holen. Ich kann Ihnen einen Pyjama leihen, wir haben ungefähr dieselbe Größe.«

Sie lachte. »Bleibt nur noch das Problem des Wasserhahns«, sagte sie.

Auch ich lachte. »Sie haben sich ja anscheinend schon daran gewöhnt. Also ist es einzig und allein mein Problem.«

6

»Le corps humain pourrait bien n'être qu'une apparence«, sagte er. »Il cache notre réalité, il s'épaissit sur notre lumière ou sur notre ombre.«

Er hob die Hand und machte eine vage Geste. Er trug einen weiten, weißen Kittel, und der Ärmel glitt über sein dünnes Handgelenk. »Aber das ist keine theosophische Erkenntnis. Victor Hugo, ›Les Travailleurs de la Mer‹.« Er füllte lächelnd mein Glas. Dann hob er das seine, das mit Wasser gefüllt war, als ob er anstoßen wollte.

Worauf? dachte ich. Und dann hob auch ich das Glas und sagte: »Auf das Licht und den Schatten.«

Er lächelte noch immer. »Sie müssen mir dieses karge Abendmahl verzeihen«, sagte er, »aber das war die einzige Möglichkeit, sich nach Ihrem kurzen Besuch am Nachmittag einigermaßen ruhig zu unterhalten. Es tut mir leid, daß meine Verpflichtungen mir nicht gestattet haben, Sie mit mehr Muße zu empfangen.«

»Es ist mir eine große Ehre«, sagte ich, »Sie sind sehr freundlich, ich hätte nie soviel zu erhoffen gewagt.«

»Wir empfangen nur sehr selten fremde Gäste hier im Haus«, fuhr er fort, und sein Ton klang etwas entschuldigend, »aber ich glaube verstanden zu haben, daß Sie nicht einfach bloß neugierig sind.« Mir wurde langsam klar, daß meine etwas geheimnisvolle Postkarte, meine Anrufe, mein nachmittäglicher Besuch, bei dem ich nur jemanden erwähnt hatte, der »verschollen« war, nicht einfach so weitergehen konnten wie ein verschlüsseltes Alarmsignal. Ich mußte mich deutlich und präzise ausdrücken. Aber wonach wollte ich denn überhaupt fragen? Nach irgendeinem weit zurückliegenden Lebenszeichen einer hypothetischen Spur: einer Möglichkeit, Xavier aufzuspüren.

»Ich suche jemanden«, sagte ich, »er heißt Xavier Janata Pinto und ist seit beinahe einem Jahr verschwunden, ich habe seine Spur in Bombay verloren, aber ich habe guten Grund zu glauben, daß er mit der Theosophical Society in Kontakt stand, deshalb bin ich hier.«

»Ist es indiskret, wenn ich frage, was Sie zu dieser Annahme führt?« fragte mein Gastgeber.

Ein Diener kam mit einem Tablett herein, und wir bedienten uns mit äußerster Zurückhaltung: ich aus Wohlerzogenheit, er gewiß aus Gewohnheit.

»Ich würde gerne wissen, ob er ein Mitglied der Theosophical Society war«, sagte ich.

Mein Gastgeber sah mich eindringlich an. »Nein«, erklärte er leise.

»Aber er stand mit Ihnen in Briefkontakt«, sagte ich.

»Schon möglich«, sagte er, »aber dann kann es sich nur um einen rein privaten und vertraulichen Briefverkehr gehandelt haben.«

Wir aßen Gemüsebällchen und als Beilage Reis, der nach gar nichts schmeckte. Der Diener wartete etwas abseits, das Tablett in den Händen. Auf einen Wink meines Gastgebers verschwand er unauffällig.

»Wir besitzen ein Archiv, aber es ist unseren Mitgliedern vorbehalten. Und die Privatkorrespondenz umfaßt es ohnehin nicht«, fügte er ergänzend hinzu.

Ich nickte schweigend, denn mir wurde langsam klar, daß er die Konversation nach seinen eigenen Vorstellungen lenkte und daß es sinnlos war, weitere direkte und allzu deutliche Fragen zu stellen.

»Kennen Sie Indien?« fragte er nach einer Weile.

»Nein«, antwortete ich, »ich bin zum erstenmal hier, ich bin mir noch nicht recht im klaren, wo ich bin.«

»Ich meinte nicht so sehr die Geographie«, präzisierte er, »sondern die Kultur. Welche Bücher haben Sie gelesen?«

»Nur ganz wenige«, antwortete ich, »im Augenblick lese ich eines, das ›A travel survival kit‹ heißt, ich finde es ganz praktisch.«

»Sehr amüsant«, sagte er frostig, »und sonst nichts?«

»Nun«, sagte ich, »einiges, an das ich mich jedoch nicht mehr sehr gut erinnere. Ich gestehe, mich nicht besonders vorbereitet zu haben. Das einzige, woran ich mich ziemlich gut erinnere, ist ein Buch von Schlegel, aber nicht von dem Bekannteren der beiden, sondern von seinem Bruder, glaube ich, es hieß ›Über die Sprache und Weisheit der Inder‹.«

Er dachte nach und sagte dann: »Das muß ein sehr altes Buch sein.«

»Ja«, sagte ich, »es stammt aus dem Jahr 1808.«

»Auf die Deutschen hatte unsere Kultur eine große Anziehungskraft, sie haben oft interessante Ansichten über Indien zum Ausdruck gebracht, meinen Sie nicht auch?«

»Vielleicht«, antwortete ich, »ich kann das nicht mit Sicherheit beurteilen.«

»Was halten Sie zum Beispiel von Hesse?«

»Hesse war Schweizer«, sagte ich.

»Nein, nein«, korrigierte mich mein Gastgeber, »er war Deutscher, die Schweizer Staatsbürgerschaft nahm er erst 1921 an.«

»Als er starb, war er jedenfalls Schweizer«, sagte ich hartnäckig.

»Sie haben mir immer noch nicht gesagt, was Sie von ihm halten«, mahnte mich mein Gastgeber in liebenswürdigem Ton. Zum erstenmal spürte ich heftigen Unwillen in mir aufsteigen. Dieses wuchtige, dunkle, hermetisch abgeschlossene Zimmer mit den Bronzebüsten an den Wänden und den Vitrinen voller Bücher, dieser rechthaberische und arrogante Inder, der die Konversation nach Belieben lenkte, sein herablassendes und zugleich schlaues Verhalten: das alles verursachte mir Unbehagen, und ich spürte, daß es sich bald in Wut verwandeln würde. Ich war aus ganz anderen Gründen gekommen, über die er sich lässig hinwegsetzte, gleichgültig gegenüber meiner Besorgnis, die er meinen Anrufen und meiner Karte doch hatte entnehmen können. Und nun stellte er mir auch noch idiotische Fragen über Hermann Hesse. Ich fühlte mich auf den Arm genommen.

»Wissen Sie, was Rosolio ist?« fragte ich. »Haben Sie je davon gekostet?«

»Ich glaube nicht«, sagte er, »was ist das?«

»Ein italienischer Likör, den man heute nur noch selten findet, er wurde vor allem in den bürgerlichen Salons des neunzehnten Jahrhunderts getrunken, es ist ein süßlicher, klebriger Likör. Hermann Hesse erinnert mich an Rosolio. Wenn ich wieder in Italien bin, schicke ich Ihnen eine Flasche, sofern ich eine auftreiben kann.«

Er sah mich an, unsicher, ob ich aus Naivität oder Unverschämtheit so sprach. Es war natürlich Unverschämtheit, ich dachte nicht wirklich so über Hesse.

»Ich glaube nicht, daß er mir schmecken würde«, sagte er trocken. »Ich trinke keinen Alkohol, und außerdem hasse ich Süßes.« Er faltete seine Serviette zusammen und sagte: »Wollen wir uns zum Tee setzen?«

Wir ließen uns auf den Sesseln neben dem Bücherregal nieder, und der Diener kam mit dem Tablett herein, als hätte er hinter dem Vorhang gewartet. »Mit Zucker?« fragte mich mein Gastgeber, während er mir Tee eingoß.

»Nein, danke«, sagte ich, »auch ich mag nicht gern Süßes.«

Es folgte ein langes, unbehagliches Schweigen. Mein Gastgeber saß unbeweglich und mit geschlossenen Augen da, und einen Augenblick lang dachte ich, er sei eingeschlafen. Ich versuchte, sein Alter zu schätzen, aber es gelang mir nicht. Er hatte ein altes, jedoch ganz faltenloses Gesicht. Ich bemerkte, daß er Sandalen an den nackten Füßen trug.

»Sind Sie Gnostiker?« fragte er mich plötzlich, ohne die Augen zu öffnen.

»Ich glaube nicht«, sagte ich. Und dann fügte ich hinzu: »Nein, ich bin es nicht, ich bin nur neugierig auf manche Dinge.«

Er öffnete die Augen und sah mich boshaft oder vielleicht auch ironisch an. »Wie weit reicht Ihre Neugier?«

»Swedenborg«, sagte ich, »Schelling, Annie Besant: von allem ein wenig.« Er schien Interesse zu zeigen, und ich fügte hinzu: »Zu manchen, wie zum Beispiel Annie Besant, bin ich auf Umwegen gelangt. Sie wurde von Fernando Pessoa übersetzt, einem großen portugiesischen Dichter, der 1935 unbekannt starb.«

»Pessoa«, sagte er, »natürlich.«

»Kennen Sie ihn?« fragte ich.

»Ein wenig«, sagte er, »wie Sie die anderen.«

»Pessoa bekannte sich zum Gnostizismus«, sagte ich, »er war Rosenkreuzer, er hat eine Reihe esoterischer Gedichte mit dem Titel ›Passos da Cruz‹ geschrieben.«

»Ich habe sie nie gelesen«, sagte mein Gastgeber, »aber ich weiß einiges über sein Leben.«

»Wissen Sie, was seine letzten Worte waren?«

»Nein«, sagte er, »was denn?«

»Gebt mir meine Brille«, sagte ich. »Er war sehr kurzsichtig und wollte mit der Brille im Jenseits ankommen.«

Mein Gastgeber lächelte schweigend.

»Wenige Minuten zuvor hatte er auf englisch ein Kärtchen geschrieben, seine persönlichen Notizen verfaßte er oft auf englisch, es war seine zweite Sprache, er war in Südafrika aufgewachsen. Es ist mir gelungen, dieses Kärtchen zu fotokopieren, die Schrift ist natürlich sehr unsicher, Pessoa lag im Sterben, aber man kann sie entziffern. Möchten Sie wissen, was er schrieb?«

Mein Gastgeber wiegte den Kopf, wie es die Inder anstelle des Nickens tun.

»I know not what tomorrow will bring.«

»Was für ein eigenartiges Englisch«, sagte er.

»Ja«, sagte ich, »was für ein eigenartiges Englisch.«

Mein Gastgeber erhob sich langsam, hieß mich jedoch mit einer Geste sitzenbleiben und ging durch das Zimmer. »Entschuldigen Sie mich bitte einen Augenblick«, sagte er, als er durch eine Tür im Hintergrund hinausging, »lassen Sie sich nicht stören.«

Ich blieb sitzen und betrachtete die Decke. Es mußte schon sehr spät sein, aber meine Uhr war stehengeblieben. Es herrschte vollkommene Stille. Ich glaubte, in einem anderen Zimmer das Ticken einer Uhr zu hören, aber vielleicht knarrte auch irgendwo das Holz, oder ich bildete es mir nur ein. Der Diener kam schweigend herein und holte das Tablett. Ich begann langsam ein leichtes Unbehagen zu verspüren, das mir zusammen mit der Müdigkeit ein Gefühl des Unwohlseins verursachte, eine Art Übelkeit. Schließlich kam mein Gastgeber zurück, und bevor er sich setzte, reichte er mir einen kleinen gelben Umschlag. Ich erkannte sofort die Schrift Xaviers. Ich öffnete den Umschlag und las das Kärtchen: *Lieber Freund und Meister, meine Lebensumstände erlauben mir nicht, die Spaziergänge entlang des Adyar wiederaufzunehmen. Ich bin ein Nachtvogel geworden, und ich ziehe vor zu glauben, daß mein Schicksal es so wollte. Behalten Sie mich so in*

Erinnerung, wie Sie mich kennengelernt haben. Ihr X.
Das Datum war: Calangute, Goa, 23. September.

Ich blickte meinen Gastgeber verwundert an. Er hatte sich gesetzt und musterte mich neugierig, wie mir schien. »Dann ist er also nicht mehr in Bombay«, sagte ich, »sondern in Goa, Ende September war er in Goa.«

Er nickte schweigend.

»Aber warum ist er nach Goa gefahren?« fragte ich. »Wenn Sie etwas wissen, müssen Sie es mir sagen.«

Er faltete die Hände über den Knien und sagte mit ruhiger Stimme: »Ich weiß es nicht«, sagte er, »ich kenne das wahre Leben Ihres Freundes nicht, ich kann Ihnen nicht helfen, es tut mir leid. Vielleicht hat es das Schicksal nicht gut mit ihm gemeint, oder vielleicht hat er es selbst so gewollt, man sollte nie zuviel über die Erscheinungsform der anderen wissen.« Er lächelte schüchtern und gab mir zu verstehen, daß er zu diesem Thema nichts mehr zu sagen hatte. »Bleiben Sie noch länger in Madras?«

»Nein«, sagte ich, »ich bin seit drei Tagen hier, ich reise noch heute nacht ab, ich habe bereits die Fahrkarte für einen Überlandbus.«

Ich glaubte, in seinen Augen kurz Mißbilligung aufblitzen zu sehen. »Das ist der eigentliche Grund meiner Reise«, sagte ich zu meiner Rechtfertigung. »Ich muß ein Archiv in Goa aufsuchen, ich verfasse eine Studie. Ich wäre auf jeden Fall hingefahren, auch wenn der, den ich suche, sich woanders aufhielte.«

»Was haben Sie hier bei uns besichtigt?« fragte er.

»Ich war in Mahabalipur und in Kanchipuram«, sagte ich, »ich habe alle Tempel gesehen.«

»Haben Sie dort auch übernachtet?«

»Ja, in einem kleinen und sehr billigen staatlichen Hotel, ich habe nichts anderes gefunden.«

»Das kenne ich«, sagte er. Und dann fragte er: »Was hat Ihnen am besten gefallen?«

»Vieles, aber am besten vielleicht der Tempel von Kailasantha. Er hat etwas Schmerzliches und Magisches an sich.«

Er schüttelte den Kopf. »Das ist eine eigenartige Beschreibung«, sagte er. Dann stand er ruhig auf und murmelte: »Ich glaube, es ist spät geworden, ich muß heute nacht noch einiges schreiben, erlauben Sie, daß ich Sie begleite.«

Ich stand auf, und er führte mich durch den langen Korridor bis zur Eingangstür. Ich blieb einen Augenblick in der Halle stehen, und wir schüttelten uns die Hand. Beim Hinausgehen dankte ich ihm kurz. Er lächelte wortlos. Dann sagte er, bevor er die Türe schloß: »Die blinde Wissenschaft pflügt eitle Schollen, der irre Glaube lebt im Traum seines Kults, ein neuer Gott ist nur ein Wort: hör auf zu glauben und zu suchen: alles liegt im dunkeln.« Ich ging die wenigen Stufen hinab und machte ein paar Schritte auf dem Kiesweg. Dann begriff ich mit einemmal und drehte mich rasch um: es waren die Zeilen eines Gedichts von Pessoa, die er jedoch auf englisch rezitiert hatte (weswegen ich sie nicht sofort erkannt hatte). Das Gedicht hieß ›Weihnachten‹. Aber die Tür war schon ins Schloß gefallen, und am Ende des Pfads wartete der Diener auf mich, um auch das Gittertor zu schließen.

7

Der Autobus durchquerte eine ausgestorbene Ebene und ein paar schlafende Dörfer. Nach einem Straßenabschnitt, der durch Hügelland führte und dessen Haarnadelkurven vom Chauffeur mit einer Unbekümmertheit genommen wurden, die mir übertrieben schien, fuhren wir nun über endlose und ruhige geradlinige Straßen durch die schweigende indische Nacht. Ich hatte den Eindruck, daß die Landschaft aus Palmenhainen und Reisfeldern bestand, aber die Finsternis war undurchdringlich, und das Licht der Scheinwerfer glitt nur in den seltenen Kurven kurz über das Land. Meinen Berechnungen nach konnte Mangalore nicht mehr weit entfernt sein, sofern sich der Autobus an den Fahrplan gehalten hatte. In Mangalore gab es dann zwei Möglichkeiten: entweder nach siebenstündiger Wartezeit mit dem Autobus nach Goa weiterzufahren oder einen Tag im Hotel zu verbringen und auf den Autobus des nächsten Tages zu warten.

Ich war ziemlich unentschlossen. Während der Fahrt hatte ich wenig und schlecht geschlafen, und nun war ich etwas müde; aber die Aussicht, einen ganzen Tag in Mangalore zu verbringen, war auch nicht besonders verlockend. Über Mangalore hieß es in meinem Führer, es sei am Arabischen Meer gelegen und habe praktisch keine Spuren seiner Vergangenheit bewahrt. »Eine moderne Industriestadt, mit rationellem und anonymem städtebaulichem Konzept. Eine der wenigen indischen Städte, in denen es absolut nichts zu sehen gibt.«

Ich überlegte noch immer hin und her, welche Entscheidung ich treffen sollte, als der Autobus plötzlich stehenblieb. Es konnte aber noch nicht Mangalore sein, wir befanden uns mitten auf der Landstraße. Der Chauffeur stellte den Motor ab, ein paar Fahrgäste stiegen aus. Zuerst dachte ich, es handle sich nur um eine kurze Pause, damit die Fahrgäste ihre Bedürfnisse verrichten konnten, aber nach einer Viertelstunde schien mir, daß sich die Pause ungewöhnlich in die Länge zog. Außerdem saß der Chauffeur gemütlich in seinem Sitz zurückgelehnt und schien zu schlafen. Ich wartete eine weitere Viertelstunde. Die Reisenden, die im Fahrzeug geblieben waren, schliefen friedlich. Der Alte mit dem Turban vor mir hatte einen langen Stoffstreifen aus einem Korb genommen, den er nun geduldig aufrollte, wobei er bei jeder Wendung die

Falten des Tuchs sorgfältig glättete. Ich flüsterte ihm eine Frage ins Ohr, aber er drehte sich um und sah mich mit einem verständnislosen Lächeln an. Ich blickte aus dem Fenster und sah, daß auf einem sandigen Platz am Straßenrand eine Art Hütte stand, die schwach beleuchtet war. Es sah aus wie eine Garage aus Holzbrettern. An der Tür stand eine Frau, und ich sah jemanden hineingehen.

Ich beschloß, den Fahrer um eine Erklärung zu bitten. Es tat mir leid, daß ich ihn wecken mußte, er war viele Stunden gefahren, aber vielleicht war es besser, zu fragen. Er war ein dicker Mann, der mit offenem Mund schlief, ich berührte ihn an der Schulter, und er sah mich verwirrt an.

»Warum halten wir hier?« fragte ich. »Das ist doch noch nicht Mangalore.«

Er rappelte sich hoch und fuhr sich über das Haar.

»Nein, mein Herr, das ist es nicht.«

»Und warum halten wir dann hier?«

»Das ist eine Bushaltestelle«, sagte er, »wir warten auf einen Anschluß.«

Der Aufenthalt war in meinem Fahrplan nicht vorgesehen, aber inzwischen war ich in Indien an so manche Überraschung gewöhnt. Ich fragte also weiter, ohne Verwunderung zu zeigen, einfach aus Neugier. Ich erfuhr, daß wir auf den Anschluß nach Mudabiri und Karkala warteten. Ich machte einen Einwand, der mir logisch erschien. »Und warum können die Fahrgäste, die nach Mudabiri und Karkala unterwegs sind, nicht alleine warten, ohne uns?«

»In dem Autobus sind auch Fahrgäste, die dann bei uns einsteigen, um nach Mangalore zu fahren«, antwortete der Fahrer, ohne mit der Wimper zu zucken. »Deshalb warten wir.«

Indem er sich wieder auf seinem Sitz ausstreckte, gab er mir zu verstehen, daß er gerne weiterschlafen würde. Ich stellte ihm noch eine Frage, in resigniertem Ton. »Wie lange halten wir hier?«

»Fünfundachtzig Minuten«, antwortete er mit einer Genauigkeit, die entweder englische Höflichkeit war oder eine Art raffinierter Ironie. Dann fuhr er fort: »Wenn Sie keine Lust mehr haben, im Autobus zu warten, können Sie ruhig aussteigen, hier gibt es auch einen Wartesaal.«

Ich beschloß, mir statt dessen ein wenig die Beine zu vertreten und so die Wartezeit zu verkürzen. Die Nacht war mild und feucht, und es roch intensiv nach Kräutern. Ich machte einen Rundgang um den Autobus, rauchte an die hintere Treppe gelehnt eine Zigarette, dann ging ich in Richtung des »Wartesaals«. Es war eine lange, niedrige Baracke, und neben dem Eingang hing eine Petroleumlampe. Am Türpfosten war das buntbemalte Gipsbild einer mir unbekannten Gottheit befestigt. Im Inneren saßen auf den Bänken entlang der Wände ungefähr ein Dutzend Menschen. Zwei Frauen, die neben der Eingangstür standen, unterhielten sich lebhaft. Die wenigen Fahrgäste, die den Autobus verlassen hatten, hatten sich auf der kreisförmigen Bank verteilt, die in der Mitte unter einem Stützpfosten stand, an dem bunte Zettel und ein vergilbtes Plakat befestigt waren, das sowohl ein Fahrplan als auch eine Bekanntmachung der Regierung sein konnte. Auf der Bank gegenüber saß ein ungefähr zehnjähriger Junge mit kurzen Hosen und Sandalen. Er trug einen Affen auf dem Rücken, der den Kopf in seinen Haaren vergraben und die kleinen Hände halb ängstlich, halb zärtlich um den Hals seines Herrn geschlungen hatte. Außer der Petroleumlampe an der Tür gab es nur zwei Kerzen, die auf einer Kiste standen: das Licht war sehr schwach, und die Ecken der Baracke lagen im Dunkel. Ich blieb ein paar Augenblicke stehen und betrachtete die Menschen, die keine Notiz von mir zu nehmen schienen. Es kam mir eigenartig vor, daß sich das Kind allein mit dem Affen hier aufhielt, auch wenn man in Indien häufig Kindern begegnet, die allein mit Tieren unterwegs sind, und ich mußte sofort an ein Kind denken, das mir lieb war, und an die Art und Weise, wie es vor dem Einschlafen eine Puppe umarmte. Vielleicht war es diese Assoziation, die mich auf den Jungen zugehen und neben ihm Platz nehmen ließ. Er sah mich lächelnd aus zwei wunderschönen Augen an, und auch ich lächelte; und erst jetzt stellte ich mit Entsetzen fest, daß die Kreatur auf seinem Rücken kein Affe war, sondern ein menschliches Wesen. Es war ein Ungeheuer. Eine grausame Laune der Natur oder eine schreckliche Krankheit hatte seinen Körper schrumpfen lassen und die Formen und Dimensionen verzerrt. Seine Glieder waren krumm und verformt, entsprechend Kriterien und Maßstäben, die auf entsetzliche Weise grotesk waren. Auch das Gesicht, das ich nun zwischen den Haaren seines Trägers entdeckte, war der verheerenden Mißbildung nicht entgangen. Die rauhe Haut und die Falten, die so tief wie Wunden waren, gaben ihm das affenartige Aussehen und hatten zusammen mit seinen verformten Gliedern zu meinem Irrtum geführt. Das einzige Menschliche in diesem Gesicht waren die Augen: zwei winzige, scharfe, intelligente Augen, die sich unruhig hin- und herbewegten, ängstlich und verstört, als ahnten sie kommendes Unheil.

Der Junge grüßte mich herzlich, und auch ich wünschte ihm einen guten Abend; ich war nicht fähig, aufzustehen und wegzugehen.

»Wohin fährst du?« fragte ich ihn.

»Nach Mudabiri«, sagte er lächelnd, »zum Chandranath-Tempel.«

Er sprach ordentliches Englisch, ohne zu stocken. »Du sprichst gut Englisch«, sagte ich. »Wer hat es dir beigebracht?«

»Ich habe es in der Schule gelernt«, sagte der Junge stolz, »ich bin drei Jahre lang hingegangen.«

Dann machte er eine Geste, indem er leicht den Kopf

nach hinten drehte und einen Ausdruck annahm, als wollte er sich entschuldigen. »Er kann nicht Englisch, er konnte nicht zur Schule gehen.«

»Gewiß«, sagte ich, »ich verstehe.«

Der Junge streichelte die Hände, die sich an seine Brust klammerten. »Er ist mein Bruder«, sagte er zärtlich, »er ist zwanzig Jahre alt.« Dann nahm sein Gesicht wieder einen stolzen Ausdruck an, und er sagte: »Er kennt jedoch die heiligen Schriften, er kann sie auswendig, er ist sehr intelligent.«

Ich versuchte mir den Anschein von Gleichgültigkeit zu geben, als ob ich sehr zerstreut und in Gedanken versunken wäre, um nicht zu zeigen, daß mir der Mut fehlte, das Wesen anzusehen, von dem er sprach. »Was macht ihr in Mudabiri?« fragte ich.

»Dort findet ein großes Fest statt«, sagte er, »die Jainisten kommen aus ganz Kerala, in diesen Tagen treffen sich dort viele Pilger.«

»Seid ihr auch Pilger?«

»Nein«, sagte er, »wir ziehen von Tempel zu Tempel, mein Bruder ist ein Arhant.«

»Entschuldige«, sagte ich, »aber ich weiß nicht, was das ist.«

»Ein Arhant ist ein jainistischer Prophet«, erklärte der Junge geduldig. »Er liest das Karma der Pilger, wir verdienen viel Geld.«

»Er ist also ein Hellseher.«

»Ja«, sagte der Junge treuherzig, »er sieht die Vergangenheit und die Zukunft.« Dann stellte er eine Gedankenverbindung geschäftlicher Natur her und fragte mich: »Möchtest du dein Karma wissen? Es kostet nur fünf Rupien.«

»Gut«, sagte ich, »frage deinen Bruder danach.«

Der Junge sagte in sanftem Ton etwas zu seinem Bruder, und dieser antwortete ihm im Flüsterton, wobei er mich mit seinen flinken kleinen Augen anblickte.

»Mein Bruder fragt, ob er deine Stirn berühren darf«, teilte mir der Junge mit. Das Ungeheuer machte eine zustimmende Geste und wartete.

»Sicher, wenn es notwendig ist.«

Der Hellseher streckte seine krumme Hand aus und legte mir den Zeigefinger auf die Stirn. So verharrte er ein paar Augenblicke, wobei er mich eindringlich anblickte. Dann zog er die Hand zurück und flüsterte seinem Bruder ein paar Worte ins Ohr. Es folgte eine kurze, lebhafte Diskussion. Der Hellseher sagte schnell ein paar Worte, allem Anschein nach war er ärgerlich und gereizt. Nachdem sie zu diskutieren aufgehört hatten, sah mich der Junge betrübt an.

»Nun«, fragte ich, »darf ich es erfahren?«

»Tut mir leid«, sagte er, »aber mein Bruder sagt, es geht nicht, du bist ein anderer.«

»Aha«, sagte ich, »und wer bin ich?«

Der Junge sprach wieder mit seinem Bruder, und dieser

gab ihm eine kurze Antwort. »Das hat keine Bedeutung«, teilte mir der Junge mit, »es ist nur Maja.«

»Und was ist Maja?«

»Die äußere Erscheinungsform der Welt«, antwortete der Junge, »aber sie ist nur eine Illusion, es kommt auf das Atman an.« Dann beratschlagte er sich mit seinem Bruder und bestätigte mit Überzeugung: »Nur auf das Atman kommt es an.«

»Und was ist das Atman?«

Der Junge lächelte über mein Unwissen. »The soul«, sagte er, »die menschliche Seele.«

Eine Frau kam herein und setzte sich auf die Bank gegenüber. Sie trug einen Korb mit einem schlafenden Kind darin. Ich sah sie an, und sie antwortete mit einer schnellen Geste, indem sie zum Zeichen des Respekts die gefalteten Hände vor das Gesicht hielt.

»Ich dachte, wir bestünden nur aus dem Karma«, sagte ich, »der Summe all unserer Taten, dessen, was wir waren und was wir sein werden.«

Der Junge lächelte wieder und sagte etwas zu seinem Bruder.

Das Ungeheuer sah mich mit seinen scharfen kleinen Augen an und machte mit den Fingern das Zeichen der Zwei. »O nein«, erklärte der Junge, »es gibt auch das Atman, es gehört zum Karma, ist aber etwas Eigenständiges.«

»Wenn ich also ein anderer bin, würde ich gerne wissen, wo mein Atman ist, wo es sich gerade befindet.«

Der Junge übersetzte seinem Bruder meine Frage, und es folgte eine lebhafte Diskussion. »Das ist schwer zu sagen«, teilte er mir dann mit, »er ist dazu nicht in der Lage.«

»Frag ihn, ob ihm zehn Rupien dabei helfen würden.«

Der Junge sagte es ihm, und das Ungeheuer sah mich mit seinen kleinen Augen eindringlich an. Dann sagte er direkt an mich gewandt rasch ein paar Worte. »Er sagte, es sei keine Frage des Geldes«, übersetzte mir der Junge, »du bist nicht da, und er kann dir nicht sagen, wo du bist.« Er lächelte mich strahlend an und fuhr fort: »Aber wenn du uns zehn Rupien geben willst, nehmen wir sie trotzdem an.«

»Natürlich gebe ich sie dir«, sagte ich, »aber frag ihn wenigstens, wer ich im Augenblick bin.«

Der Junge lächelte wieder nachsichtig und sagte dann: »Aber es ist doch nur dein Maja, wozu willst du es wissen?«

»Gewiß«, sagte ich, »du hast recht, es hat keinen Sinn.« Dann hatte ich plötzlich eine Idee, und ich sagte: »Frag ihn, ob er es sehen kann!«

Der Junge sah mich verblüfft an: »Was soll er sehen?«

»Wo mein Atman ist«, sagte ich, »sagtest du nicht, er sei ein Hellseher?«

Der Junge gab meine Frage weiter, und der Bruder antwortete kurz. »Er sagt, er kann es versuchen«, übersetzte er mir, »aber er kann nichts versprechen.«

»Das macht nichts, er soll es trotzdem versuchen.«

Das Ungeheuer blickte mich lange Zeit sehr eindringlich an. Dann machte er eine Geste mit der Hand, und ich wartete darauf, daß er zu sprechen begann, aber er sagte nichts. Seine Finger bewegten sich leicht in der Luft und zeichneten Wellen nach, dann legte er die Hände zu einer Muschel zusammen, um darin imaginäres Wasser einzufangen. Er flüsterte ein paar Worte. »Er sagt, du bist auf einem Boot«, sagte der Junge, ebenfalls im Flüsterton. Das Ungeheuer streckte die Hände aus, mit den Handflächen nach oben, und erstarrte.

»Auf einem Schiff?« fragte ich. »Frag ihn, wo, schnell, was für ein Schiff ist es?«

Der Junge lehnte das Ohr an den flüsternden Mund seines Bruders. »Er sieht viele Lichter. Mehr sieht er nicht, es hat keinen Sinn, darauf zu bestehen.«

Der Hellseher hatte wieder seine ursprüngliche Haltung eingenommen, das Gesicht in den Haaren seines Bruders verborgen. Ich holte zehn Rupien aus der Tasche und gab sie ihm. Dann ging ich in die Nacht hinaus und zündete eine Zigarette an. Ich blieb stehen, um den Himmel und den dunklen Saum der Vegetation am Straßenrand zu betrachten. Der Autobus nach Mudabiri konnte nicht mehr weit entfernt sein.

Dritter Teil

8

Der Pförtner war ein Greis mit runzeligem, freundlichem Gesicht und einem Kranz schneeweißer Haare, die sich von seiner gelblichbraunen Haut abhoben. Er sprach perfektes Portugiesisch, und als ich meinen Namen nannte, schenkte er mir ein breites Lächeln und wiegte den Kopf, als ob er sehr glücklich wäre, mich zu sehen. Er erklärte mir, der Herr Prior lese gerade die Abendmesse und ich möge in der Bibliothek warten. Er überreichte mir ein Kärtchen, auf dem stand: *Willkommen in Goa. Ich komme um 18.30 zu Ihnen in die Bibliothek. Wenn Sie etwas brauchen, steht Theotónio zu Ihrer Verfügung. Pater Pimentel.*

Theotónio plauderte unentwegt, während er mich die Treppe hinaufführte. Er war redselig und unbefangen, er hatte lange in Portugal gelebt, in Vila do Conde, sagte er, wo er Verwandte hatte, und er aß sehr gern portugiesische Süßspeisen, vor allem *pão de ló*.

Die Treppe war aus dunklem Holz und führte auf eine große, schlecht beleuchtete Galerie, wo sich ein langer

Tisch und ein Globus befanden. An den Wänden hingen Bilder von Menschen in Lebensgröße, von bärtigen, ernstblickenden Männern, die mit der Zeit nachgedunkelt waren. An der Tür zur Bibliothek ließ mich Theotónio allein und ging schnell wieder hinunter, als ob er sehr beschäftigt wäre. Der Saal war groß und kühl, und es roch muffig. Die Regale waren zwar mit barocken Schnecken und Elfenbeinintarsien verziert, aber, wie mir schien, in keinem guten Zustand. In der Mitte standen zwei lange Tische mit geschwungenen Beinen, und an den Wänden ein paar kleine Tische neben Kirchenbänken und alten geflochtenen Armstühlen. Ich warf einen Blick auf das erste Regal zu meiner Rechten und sah einige Bücher der Patristik und ein paar Chroniken der Jesuiten aus dem siebzehnten Jahrhundert, und ich nahm wahllos zwei davon heraus und setzte mich auf den Stuhl neben der Eingangstür; auf dem Tisch daneben lag ein offenes Buch, aber ich beachtete es nicht, sondern blätterte in einem der Bücher, die ich aus dem Regal genommen hatte, in der ›Relação do novo caminho que fez por Terra e por Mar, vindo da India para Portugal, o Padre Manoel Godinho da Companhia de Iesu‹. Im Kolophon hieß es: »Em Lisboa, na Officina de Henrique Valente de Oliveira, Impressor del Rey N. S., Anno 1665«. Manoel Godinho sah die Welt mit den Augen des Pragmatikers, was durchaus in Einklang stand mit seinem Beruf als Hüter des katholischen Glaubens in dieser von den hinduistischen Göttern belagerten Enklave der Gegenreformation. Sein Bericht war knapp und präzise, ohne Umschweife und Rhetorik. Dieser Priester hielt nichts von Metaphern oder Gleichnissen, er besaß das Auge eines Strategen, der die Erde in günstige und ungünstige Zonen unterteilte und das christliche Abendland für den Nabel der Welt hielt. Ich war gerade am Ende der langen, dem König gewidmeten Vorrede angelangt, als ich plötzlich das Gefühl hatte, nicht allein zu sein, ohne daß ich hätte sagen können, warum. Vielleicht hatte ich ein leises Knarren gehört oder Atemzüge; wahrscheinlicher ist jedoch, daß ich ganz einfach das Gefühl hatte, einen Blick auf mir zu spüren. Ich sah mich forschend um. Die dunkle Masse auf dem Stuhl zwischen den beiden Fenstern am anderen Ende des Saales, die mir beim Eintreten als nachlässig über die Lehne geworfenes Gewand erschienen war, drehte sich zu mir um, als hätte sie nur darauf gewartet, daß ich sie bemerkte, und sah mich an. Es war ein alter Mann mit langem, hagerem Gesicht und einer Kopfbedeckung, deren Form ich nicht erkennen konnte.

»Willkommen in Goa«, murmelte er. »Sie waren sehr unvorsichtig, über Madras zu fahren, auf der Straße wimmelt es von Banditen.«

Seine Stimme war sehr rauh und klang manchmal wie ein Gurgeln. Ich sah ihn verwundert an. Ich fand es ungewöhnlich, daß er das Wort »Banditen« verwendete, und noch ungewöhnlicher, daß er wußte, woher ich kam.

»Und der nächtliche Aufenthalt an diesem schrecklichen Ort hat Sie bestimmt nicht aufgemuntert«, fügte er hinzu. »Sie sind jung und unternehmungslustig, aber auch oft ängstlich, Sie wären kein guter Soldat, vielleicht wären Sie sogar anfällig für Feigheit.« Er sah mich nachsichtig an. Ich weiß nicht, warum ich eine große Verlegenheit spürte, die mich am Antworten hinderte. Woher kannte er meine Reiseroute, dachte ich, wer hatte ihn informiert?

»Machen Sie sich keine Gedanken«, sagte der Alte, als hätte er meine Gedanken erraten. »Ich habe meine Informanten.«

Das sagte er in beinahe drohendem Tonfall, was einen eigenartigen Eindruck auf mich machte. Wir unterhielten uns auf portugiesisch, soweit ich mich erinnere, und seine Worte waren kalt und erloschen, als läge zwischen ihnen und seiner Stimme eine große Entfernung. Warum sprach er auf diese Art und Weise, dachte ich, wer mochte er wohl sein? Das lange Zimmer lag im Halbdunkel, und er saß am anderen Ende, weit weg von mir; ein Tisch schützte einen Teil seines Körpers vor meinen Blicken. All das hatte zusammen mit meiner Überraschung verhindert, daß ich ihn genauer betrachtete. Jetzt stellte ich fest, daß er einen dreieckigen Hut aus weichem Stoff trug, der lange graue Bart reichte ihm bis zur Brust, die von einem mit Silberfäden bestickten Wams bedeckt war. Über seinen Schultern hing ein weiter, altertümlich geschnittener schwarzer Umhang mit Puffärmeln. Er bemerkte die Verwirrung auf meinem Gesicht, schob den Stuhl beiseite und sprang so behend in die Mitte des Zimmers, wie ich es ihm nicht zugetraut hätte. Er trug hohe Stulpenstiefel, die ihm bis zu den Schenkeln reichten, und an der Seite ein Schwert. Er machte eine theatralische, leicht lächerliche Geste, indem er mit dem rechten Arm eine ausladende Spirale beschrieb und dann die Hand aufs Herz legte, und rief mit Stentorstimme aus: »Ich bin Afonso de Albuquerque, der Vizekönig von Indien!«

Erst jetzt begriff ich, daß er verrückt war. Ich begriff es, und im selben Augenblick dachte ich seltsamerweise, er sei *tatsächlich* Afonso de Albuquerque, und das alles verwunderte mich nicht: ich verspürte bloß eine müde Gleichgültigkeit, als ob das alles notwendig und unvermeidlich wäre.

Der Alte musterte mich mit seinen glitzernden Äuglein lauernd und argwöhnisch. Er war großgewachsen, würdevoll, stolz. Ich begriff, daß er darauf wartete, daß ich sprach; und ich sprach. Aber die Worte entschlüpften wie von selbst meinem Mund, ohne daß ich sie durch den Willen hätte steuern können. »Sie sehen aus wie Iwan der Schreckliche«, sagte ich, »oder besser gesagt wie der Schauspieler, der ihn spielte.«

Er hielt sich schweigend die Hand ans Ohr.

»Ich sprach von einem alten Film«, erklärte ich ihm, »ich erinnerte mich gerade an einen alten Film.« Und während ich das sagte, trat plötzlich ein heller Schein auf sein Gesicht, als ob in einem nahen Kamin ein Feuer loderte. Aber es gab keinen Kamin, im Zimmer wurde es immer dunkler, vielleicht war es der letzte Strahl der untergehenden Sonne gewesen.

»Wozu sind Sie hergekommen?« schrie er plötzlich. »Was wollen Sie von uns?«

»Nichts«, sagte ich. »Nichts. Ich bin hergekommen, um im Archiv Nachforschungen anzustellen, das ist mein Beruf, diese Bibliothek ist im Westen so gut wie unbekannt. Ich suche alte Chroniken.«

Der Alte warf sich den weiten Umhang über die Schulter, wie im Theater die Schauspieler vor dem Duell. »Das ist eine Lüge«, brüllte er wie wild. »Sie sind aus einem anderen Grund hergekommen!«

Seine Heftigkeit machte mir keine angst, ich fürchtete nicht, von ihm angegriffen zu werden: ich verspürte jedoch ein seltsames Gefühl von Scham, als hätte er eine Schuld entdeckt, die ich vor den anderen verborgen hielt. Ich senkte verlegen den Blick und sah, daß das aufgeschlagene Buch auf dem Tisch eine Schrift von Augustinus war. Ich las: »Quomodo praesciantur futura.« War es nur ein Zufall, oder wollte jemand, daß ich diese Worte las? Und wer, wenn nicht der Alte? Er hatte mir gesagt, daß er, wie er sich ausgedrückt hatte, »seine Informanten hatte«, und das erschien mir unheimlich und ausweglos.

»Ich bin gekommen, um Xavier zu suchen«, gestand ich, »es ist wahr, ich suche ihn.«

Er blickte mich triumphierend an. Jetzt lag ein ironischer oder vielleicht sogar verächtlicher Ausdruck auf seinem Gesicht. »Und wer ist Xavier?«

Diese Frage kam mir wie ein Verrat vor, denn ich spürte, daß er damit ein stillschweigendes Abkommen brach, daß er »wußte«, wer Xavier war, und daß er mich nicht hätte fragen dürfen. Und ich wollte es ihm nicht sagen, auch das spürte ich.

»Xavier ist mein Bruder«, log ich.

Er schüttelte sich vor Lachen und zeigte mit dem Finger auf mich. »Xavier gibt es nicht«, sagte er, »er ist nur ein Hirngespinst.« Er breitete die Arme aus, als wolle er das ganze Zimmer umarmen. »Wir sind alle tot, haben Sie das noch nicht begriffen? Ich bin tot, diese Stadt ist tot, und die Schlachten, der Schweiß, das Blut, der Ruhm und meine Macht: alles tot, es hat alles keinen Sinn gehabt.«

»Nein«, sagte ich, »etwas bleibt immer zurück.«

»Was?« fragte er. »Ihre Erinnerung? Euer Gedächtnis? Diese Bücher?«

Er machte einen Schritt auf mich zu, und ich verspürte großen Ekel, denn ich wußte bereits, was er tun würde, ich habe keine Ahnung, warum, aber ich wußte es bereits. Er stieß mit dem Stiefel ein kleines Bündel beiseite, das zu seinen Füßen lag, und ich sah, daß es eine tote Ratte war. Er schob das Tier über den Boden und murmelte verächtlich: »Oder diese Ratte?« Er lachte aufs neue, und sein Lachen ließ mir das Blut in den Adern gefrieren. »Ich bin der Rattenfänger von Hameln!« schrie er. Dann wurde seine Stimme freundlich, er nannte mich Professor und sagte zu mir: »Entschuldigen Sie, wenn ich Sie aufgeweckt habe.«

»Entschuldigen Sie, wenn ich Sie aufgeweckt habe«, sagte Pater Pimentel.

Er war ein Mann um die Fünfzig, von kräftigem Körperbau und mit einem offenen Gesichtsausdruck. Er hielt mir die Hand hin, und ich erhob mich verwirrt.

»Nein, ich danke Ihnen«, sagte ich, »ich hatte gerade einen schlimmen Traum.«

Er setzte sich auf den Armstuhl neben mir und machte eine beruhigende Geste. »Ich habe Ihren Brief erhalten«, sagte er. »Das Archiv steht zu Ihrer Verfügung, Sie können bleiben, solange Sie wollen, ich nehme an, heute nacht schlafen Sie hier, ich habe Ihnen ein Zimmer herrichten lassen.« Theotónio kam mit dem Teetablett und einem Kuchen herein, der aussah wie *pão de ló*.

»Ich danke Ihnen«, sagte ich, »Ihre Gastfreundschaft ist eine Wohltat für mich. Aber heute abend werde ich nicht hierbleiben, ich muß weiter nach Calangute, ich habe ein Auto gemietet, ich versuche etwas über jemanden in Erfahrung zu bringen. Ich komme in ein paar Tagen zurück.«

9

Es kann einem im Leben durchaus passieren, daß man im Zuari Hotel übernachten muß. Im ersten Moment mag einem das als nicht besonders glücklicher Umstand erscheinen, aber in der Erinnerung nehmen die Umstände, gesäubert von unmittelbaren physischen Empfindungen wie Gerüchen, Farben, dem Anblick jenes widerwärtigen Tierchens unter dem Waschbecken verschwommene Konturen an, was dem Gesamtbild zugute kommt. In der Erinnerung ist die Realität nie so schlimm, wie sie wirklich war: die Erinnerung ist eine großartige Fälscherin. Ohne es zu wollen, bringen wir kleine Korrekturen an. Derartige Hotels bevölkern unsere Phantasie: wir kennen sie bereits aus den Büchern von Conrad oder Maugham, aus amerikanischen Verfilmungen der Romane von Kipling oder Bromfield: sie sind uns beinahe vertraut.

Ich kam spät am Abend im Zuari Hotel an, und es war, wie so oft in Indien, keine freiwillige Entscheidung. Vasco da Gama ist ein außergewöhnlich häßliches Städtchen im Staate Goa, finster, mit Straßen, auf denen Kühe umherirren, armen Leuten in westlicher Kleidung – ein Vermächtnis der portugiesischen Herrschaft –, und das verleiht der Stadt die Atmosphäre geheimnislosen Elends. Es wimmelt vor Bettlern, aber es gibt hier keine Tempel oder heiligen Stätten, und sie betteln weder im Namen Vishnus, noch segnen sie die Leute oder murmeln religiöse Formeln: sie sind schweigsam und dumpf, wie Tote.

In der Halle des Zuari Hotels befindet sich ein halbkreisförmiger Empfangstisch, hinter dem ein fetter, ständig telefonierender Portier steht. Er telefoniert, während er dich ins Gästebuch einträgt, er telefoniert, während er dir den Schlüssel gibt, und wenn dir im Morgengrauen das erste Licht verkündet, daß du endlich dein gastliches Zimmer verlassen kannst, triffst du ihn an, wie er mit seiner monotonen, leisen, unergründlichen Stimme telefoniert. Mit wem spricht der Portier des Zuari Hotels?

Im ersten Stock des Zuari Hotels gibt es sogar einen großen Dining-room, sofern man dem Schild an der Tür Glauben schenkt: aber an diesem Abend war er dunkel, und es standen auch keine Tische darin, und so speiste ich im Patio, einem kleinen Hof mit Bougainvilleabüschen, stark duftenden Blumen, niedrigen Tischchen, Holzbänken und ziemlich spärlichem Licht. Ich aß Krebse, so groß wie Langusten, und einen Nachtisch aus Mangos, und dazu trank ich Tee und einen nach Zimt schmeckenden Wein, und das alles um einen Betrag, der dreitausend Lire entsprach, was mich in gute Laune versetzte. Den Patio entlang verlief die Veranda, auf die die Zimmer blickten, und über die Steine im Hof lief ein weißes Kaninchen. An einem Tisch im Hintergrund aß eine indische Familie zu Abend. Neben meinem Tisch saß eine blonde Dame undefinierbaren Alters, deren Schönheit bereits etwas verwelkt war. Sie aß auf indische Art und Weise mit drei Fingern, indem sie sorgfältig Kügelchen aus Reis formte und sie in die Soße tunkte. Ich hielt sie für eine Engländerin, was sie auch tatsächlich war. Manchmal flackerte ihr Blick wie der einer Irren, aber nur hin und wieder. Dann erzählte sie mir eine Geschichte, von der ich glaube, es ist besser, sie nicht weiterzugeben. Vielleicht war es auch nur ein unruhiger Traum. Im übrigen fördert das Zuari Hotel keine angenehmen Träume.

10

»Ich habe als Briefträger in Philadelphia gearbeitet, mit achtzehn Jahren war ich bereits mit der Posttasche unterwegs, tagaus, tagein: im Sommer, wenn der Asphalt klebt wie Melasse, und im Winter, wenn man auf vereisten Schnee fällt. Zehn Jahre lang habe ich Briefe ausgetragen. Du kannst dir gar nicht vorstellen, wie viele Briefe ich ausgetragen habe. Tausende. Alles feine Herren, auf den Umschlägen. Briefe aus allen Teilen der Welt: aus Miami, Paris, London, Caracas. Guten Tag, mein Herr. Guten Tag, gnädige Frau. Ich bin der Briefträger.«

Er hob den Arm und zeigte auf die Gruppe junger

Leute am Strand. Das Wasser glitzerte im Licht der untergehenden Sonne. Die Fischer neben uns machten ein Boot zum Auslaufen fertig. Sie waren halbnackt, nur mit einem Tuch über den Hüften bekleidet. »Hier sind alle gleich«, sagte er, »es gibt keine feinen Leute.« Er sah mich spöttisch an. »Und du, bist du ein feiner Herr?«

»Was meinst du?«

Er blickte mich zweifelnd an. »Das sag' ich dir später.« Dann wies er auf die Hütten aus Palmenblättern, die sich zu unserer Linken, im Schutz einer Düne, erhoben. »Da leben wir, das ist unser Dorf, es heißt Sun.« Er zog ein Holzschächtelchen mit Zigarettenpapier und einer Tabakmischung aus der Tasche und rollte sich eine Zigarette. »Rauchst du?«

»Eigentlich nicht«, sagte ich, »aber jetzt schon, wenn du mir eine anbietest.«

Er rollte auch mir eine und sagte: »Der Stoff ist gut, macht fröhlich, bist du fröhlich?«

»Hör zu«, sagte ich, »deine Geschichte hat mir gefallen, willst du nicht weitererzählen?«

»Nun«, sagte er, »eines Tages ging ich eine Straße in Philadelphia entlang, es war sehr kalt, und ich trug die Post aus, es war früh am Morgen, die Stadt war voller Schnee, Philadelphia ist ja so häßlich, ich lief durch endlos lange Straßen, dann bog ich in eine lange dunkle Gasse ein, die nur ganz am Ende von einem Sonnenstrahl erhellt wurde, der den Nebel durchdrang; ich kannte die Gasse, ich trug hier jeden Tag die Post aus, die Straße endete vor der Einfriedungsmauer einer Autowerkstätte. Nun, weißt du, was ich an diesem Tag gesehen habe? Versuch es zu erraten.«

»Ich habe keine Ahnung«, sagte ich.

»Versuch es zu erraten.«

»Ich passe, es ist zu schwierig.«

»Das Meer«, sagte er. »Ich habe das Meer gesehen. Am Ende des Gäßchens lag ein schönes blaues Meer mit schaumgekrönten Wellen und einem Sandstrand mit Palmen. Na, was sagst du dazu?«

»Seltsam«, sagte ich.

»Ich kannte das Meer nur aus Filmen oder von den Karten aus Miami oder Havanna. Und das war genau so ein Meer, ein Ozean, aber niemand war zu sehen, der Strand war menschenleer. Ich dachte: Sie haben das Meer nach Philadelphia gebracht.

Und dann dachte ich: Es ist eine Fata Morgana, wie man es aus Büchern kennt. Was hättest du gedacht?«

»Dasselbe«, sagte ich.

»Na, siehst du. Aber man kann das Meer nicht nach Philadelphia bringen. Und Fata Morganas gibt es nur in der Wüste, wenn die Sonne am höchsten steht und man großen Durst hat. An diesem Tag war es jedoch hundekalt, und alles war voll mit schmutzigem Schnee. So näherte ich mich ganz langsam, angezogen von diesem Meer, mit dem Wunsch, trotz der Kälte hineinzuspringen, denn dieses

Blau war so einladend, und die Wellen funkelten im Sonnenlicht.« Er machte eine kurze Pause und zog an seiner Zigarette. Er lächelte in der Erinnerung an jenen Tag, sein Blick war abwesend und weilte in weiter Ferne. »Es war ein Gemälde. Diese Hundesöhne hatten das Meer gemalt. In Philadelphia machen sie das manchmal, es ist eine Idee von den Architekten, sie malen Landschaften, Täler, Wälder und so weiter auf den Zement, damit man nicht so sehr das Gefühl hat, in einer Scheißstadt zu leben. Ich war zwei Handbreit von diesem Meer an der Mauer entfernt, mit meiner Posttasche, am Ende des Gäßchens blies der Wind, und unter dem goldgelben Sandstrand wirbelten Papierfetzen, trockene Blätter und ein Plastiksack umher. Der Strand in Philadelphia war schmutzig. Ich betrachtete ihn einen Augenblick und dachte: Wenn das Meer nicht zu Tommy kommt, geht Tommy zum Meer. Was sagst du dazu?«

»Ich kenne eine andere Version«, sagte ich, »aber die Grundidee ist dieselbe.«

Er lachte. »Genau«, sagte er. »Und weißt du, was ich dann tat? Versuch es zu erraten.«

»Ich habe keine Ahnung.«

»Versuch es zu erraten.«

»Ich passe«, sagte ich, »es ist zu schwierig.«

»Ich öffnete eine Mülltonne und warf meine Tasche hinein. Schön brav sein, Korrespondenz. Dann lief ich auf die Hauptpost und verlangte den Direktor zu sprechen. Ich brauche einen Vorschuß von drei Monatsgehältern, sagte ich, mein Vater leidet an einer schweren Krankheit, er ist im Krankenhaus, sehen Sie sich diese ärztlichen Atteste an. Er sagte: Unterschreiben Sie zuerst diese Erklärung. Ich unterschrieb und nahm das Geld.«

»War dein Vater denn wirklich krank?«

»Schon, er hatte Krebs. Aber er wäre ohnehin gestorben, auch wenn ich den Herren und Damen in Philadelphia weiterhin die Post gebracht hätte.«

»Logisch«, sagte ich.

»Ich habe nur eines mitgenommen«, sagte er, »versuch es zu erraten.«

»Es ist wirklich zu schwierig, es ist sinnlos, ich passe.«

»Das Telefonbuch«, sagte er stolz.

»Das Telefonbuch?«

»Ja, das Telefonbuch. Das war mein ganzes Gepäck, es ist alles, was mir von Amerika geblieben ist.«

»Warum?« fragte ich. Die Sache begann mich zu interessieren.

»Ich schreibe Ansichtskarten. Jetzt schreibe ich den Herren und Damen in Philadelphia. Ansichtskarten mit einem schönen Meer und dem menschenleeren Strand von Calangute, und auf die Rückseite schreibe ich: Herzliche Grüße von Ihrem Briefträger Tommy. Ich bin schon beim Buchstaben C angelangt. Natürlich übergehe ich die Viertel, die mich nicht interessieren, und ich klebe keine Briefmarke darauf, die Gebühr zahlt der Empfänger.«

»Wie lange bist du schon hier?« fragte ich ihn.

»Vier Jahre«, sagte er.

»Das Telefonbuch von Philadelphia muß ganz schön dick sein.«

»Ja«, sagte er, »es ist enorm. Aber ich habe es nicht eilig, ich habe das ganze Leben vor mir.«

Die Gruppe am Strand hatte ein großes Feuer angezündet, jemand begann zu singen. Vier Gestalten lösten sich von der Gruppe und kamen auf uns zu, sie hatten Blumen im Haar und lächelten uns an. Ein Mädchen hielt ein ungefähr zehnjähriges Kind an der Hand.

»Jetzt beginnt bald das Fest«, sagte Tommy, »es wird ein großes Fest, wir haben Tag- und Nachtgleiche.«

»Was du nicht sagst«, sagte ich, »die Tag- und Nachtgleiche ist am dreiundzwanzigsten September, wir haben jetzt Dezember.«

»Dann eben so etwas Ähnliches«, erwiderte Tommy. Das Kind gab ihm einen Kuß auf die Stirn und ging dann mit den anderen weg.

»Die sind aber gar nicht mehr so jung«, sagte ich, »sie sehen aus wie Familienväter.«

»Sie waren die ersten, die gekommen sind«, sagte Tommy, »die Pilgrims.« Dann sah er mich an und sagte: »Bist du etwa anders?«

»Nein, ich bin wie sie«, sagte ich.

»Siehst du?« sagte er. Er rollte sich eine neue Zigarette, brach sie in der Mitte entzwei und gab mir die Hälfte. »Warum bist du hier?« fragte er.

»Ich suche jemanden, der Xavier heißt, es kann sein, daß er irgendwann hier vorbeigekommen ist.«

Tommy schüttelte den Kopf. »Ist es ihm recht, daß du ihn suchst?«

»Das weiß ich nicht.«

»Dann such ihn nicht.«

Ich versuchte, ihm eine genaue Beschreibung Xaviers zu geben. »Wenn er lächelt, sieht er traurig aus«, schloß ich.

Ein Mädchen löste sich von der Gruppe und rief uns etwas zu. Tommy rief sie seinerseits beim Namen, und sie kam auf uns zugelaufen. »Das ist meine Freundin«, erklärte Tommy. Sie war eine farblose Blondine mit verlorenem Blick und zwei Zöpfchen, die sie wie ein Kind hochgesteckt hatte. Sie bewegte sich etwas unsicher, schwankend. Tommy fragte, ob sie jemanden kannte, der so und so aussah, entsprechend meiner Beschreibung. Sie lächelte ohne erkennbaren Grund und gab keine Antwort. Dann reichte sie uns zärtlich die Hände und flüsterte: »Mandovi Hotel.«

»Das Fest beginnt«, sagte Tommy, »komm mit.«

Wir saßen an Bord eines sehr einfach gebauten Bootes, mit einem primitiven Steuerruder, wie es die Katamarans haben. »Vielleicht komme ich später nach«, sagte ich, »ich lege mich hier im Boot ein wenig hin und mache ein Schläfchen.« Während sie davongingen, konnte ich nicht anders, ich mußte ihm nachrufen, daß er mir nicht gesagt hatte, ob auch ich zu den feinen Leuten gehörte. Tommy blieb stehen, zuckte mit den Schultern und sagte: »Versuch es zu erraten.«

»Ich passe«, schrie ich zurück, »es ist zu schwierig.«

Ich zog meinen Führer heraus und zündete ein paar Streichhölzer an. Ich fand es beinahe sofort. Es wurde als *a popular top range hotel* bezeichnet, das ein annehmbares Restaurant besitze. Es befand sich in Panaji, dem ehemaligen Nova Goa, im Landesinnern. Ich streckte mich am Boden des Bootes aus und betrachtete den Himmel. Die Nacht war wirklich großartig. Ich verfolgte die Konstellationen und dachte an die Sterne und an jene Zeiten, in denen wir sie studiert hatten, und an die Nachmittage im Planetarium. Plötzlich erinnerte ich mich, wie ich ihre Namen gelernt hatte, in der Reihenfolge ihrer Lichtstärke: Sirius, Kanopus, Zentaur, Wega, Capella, Arktur, Orion … Und dann dachte ich an die Wandelsterne und an das Buch eines Menschen, der mir lieb war. Und dann an die erloschenen Sterne, deren Licht noch immer zu uns gelangt, und an die Neutronensterne im Endstadium der Evolution und an die schwachen Strahlen, die sie aussenden. Ich sagte leise: pulsar. Und beinahe, als hätte ich sie mit meinem Flüstern aufgeweckt, als hätte ich die Taste eines Recorders betätigt, hörte ich plötzlich die nasale, phlegmatische Stimme Professor Stinis, die sagte: Wenn die Masse eines sterbenden Sternes größer ist als die doppelte Masse der Sonne, gibt es keinen Aggregatzustand mehr, der die Konzentration verhindern könnte, die sich dann bis ins Unendliche fortsetzt, der Stern gibt keine Strahlung mehr ab und verwandelt sich in ein Schwarzes Loch.

11

Es ist schon komisch. Das »Mandovi« Hotel heißt so, weil es am Ufer des gleichnamigen Flusses steht. Der Mandovi ist ein breiter, träger Strom mit langem Mündungstrichter, dessen Ufer beinahe aussehen wie Meeresstrand. Zur Linken befindet sich der Hafen von Panaji, ein Flußhafen für kleine Schiffe, mit vollbeladenen Lastkähnen, zwei morschen Landestegen und einer verrosteten Laderampe. Als ich ankam, ging genau hinter der Rampe der Mond auf, so daß es aussah, als tauche er aus dem Fluß auf. Er war voll und blutrot und von einem gelben Schein umgeben. Ich dachte: roter Mond und begann unwillkürlich einen alten Schlager zu pfeifen. Der Gedanke kam mir wie eine Erleuchtung. Ich dachte an einen Namen: Roux, und sofort kamen mir die Worte Xaviers in den Sinn. Ich bin ein Nachtvogel geworden, und plötzlich erschien mir alles ganz offensichtlich und lächerlich einfach, und dann dachte ich: Warum bin ich nicht früher draufgekommen?

Ich betrat das Hotel und blickte mich um. Das »Mandovi« ist ein Hotel, das Ende der fünfziger Jahre gebaut wurde und bereits alt wirkt. Vielleicht stammt es aus der Zeit, als die Portugiesen noch in Goa waren. Ohne genau zu wissen, warum, hatte ich den Eindruck, es bewahre eine Spur des faschistischen Geschmacks jener Zeit: vielleicht aufgrund der Halle, die so groß war wie ein Bahnhofswartesaal, oder aufgrund des unpersönlichen und deprimierenden Mobiliars, das zu einem Postamt oder Ministerium gepaßt hätte. Hinter dem Empfangstisch standen zwei Angestellte, einer mit einem gestreiften Kittel und der andere mit einer schwarzen, etwas abgewetzten Jacke und einem bedeutenden Gesichtsausdruck. Ich trat auf den letzteren zu und zeigte ihm meinen Paß. »Ich hätte gern ein Zimmer.«

Er warf einen Blick in das Gästebuch und nickte.

»Mit Terrasse und Blick auf den Fluß«, ergänzte ich.

»Ja, mein Herr«, sagte der Angestellte.

»Sind Sie der Direktor?« fragte ich, während ich das Aufnahmeformular ausfüllte.

»Nein, mein Herr«, antwortete er, »der Herr Direktor ist nicht im Haus, aber Sie können sich wegen allem an mich wenden.«

»Ich suche Mister Nightingale«, sagte ich.

»Mister Nightingale wohnt nicht mehr bei uns«, sagte

er mit großer Selbstverständlichkeit, »er ist vor einiger Zeit abgereist.«

»Wissen Sie, wohin er gefahren ist?« fragte ich und versuchte ebenfalls einen natürlichen Ton beizubehalten.

»Für gewöhnlich fährt er nach Bangkok«, sagte er, »Mister Nightingale reist sehr viel, er ist Geschäftsmann.«

»Ja, das weiß ich«, sagte ich, »aber es wäre ja möglich, daß er inzwischen zurückgekehrt ist.«

Der Angestellte hob den Blick vom Formular und sah mich verwundert an. »Das kann ich Ihnen nicht sagen, mein Herr«, antwortete er höflich.

»Ich hoffte, hier im Hotel könnte mir jemand eine genauere Auskunft geben, ich suche ihn wegen eines wichtigen Geschäfts, ich bin extra aus Europa gekommen.« Ich sah seine Verwunderung und machte sie mir zunutze. Ich nahm einen Zehn-Dollar-Schein und schob ihn unter den Paß. »Geschäfte kosten Geld«, sagte ich, »es ist unangenehm, eine Reise umsonst gemacht zu haben, verstehen Sie?«

Er nahm die Banknote und gab mir den Paß zurück. »Inzwischen kommt Mister Nightingale nur noch sehr selten zu uns«, sagte er. Er setzte eine zerknirschte Miene auf. »Wissen Sie«, sagte er, »wir sind ein gutes Hotel, aber mit den Luxushotels können wir nicht Schritt halten.« Vielleicht wurde ihm erst jetzt klar, daß er zuviel sprach. Und es wurde ihm ebenfalls klar, daß es mir durchaus recht war, wenn er zuviel sprach. Dazu genügte ein Blick, eine Sekunde.

»Ich muß ein dringendes Geschäft mit Mister Nightingale abschließen«, sagte ich und hatte dabei ganz deutlich das Gefühl, daß diese Quelle nun versiegt war. Und so war es tatsächlich. »Ich kümmere mich nicht um die Geschäfte Mister Nightingales«, sagte er freundlich, aber bestimmt. Dann fuhr er in professionellem Tonfall fort: »Wie lange bleibt der Herr?«

»Nur diese Nacht«, sagte ich.

Während er mir den Schlüssel gab, fragte ich ihn, wann das Restaurant öffne. Er antwortete beflissen, daß es um halb neun öffne und daß ich sowohl à la carte als auch am Buffet speisen könne, das sich in der Mitte des Saales befinde. »Am Buffet gibt es nur indische Gerichte«, fügte er erklärend hinzu. Ich dankte ihm und nahm den Schlüssel. Als ich bereits vor dem Lift stand, kehrte ich noch einmal um und stellte ihm eine harmlose Frage: »Ich nehme an, Mister Nightingale aß im Hotel zu Abend, wenn er hier war.« Er sah mich verständnislos an. »Gewiß«, antwortete er dann stolz, »unser Restaurant gehört zu den besten in der Stadt.«

Wein ist in Indien sehr teuer, er wird fast ausschließlich aus Europa importiert. Selbst in einem guten Restaurant gilt es als Zeichen von Prestige, Wein zu trinken. Es stand auch in meinem Führer: Wenn man Wein bestellt, erscheint der Maître. Also setzte ich auf Wein.

Der Maître war dicklich, mit Ringen unter den Augen und Pomade in den Haaren. Er sprach die Namen der französischen Weine auf katastrophale Art und Weise aus, aber er tat sein Bestes, um die Eigenschaften der jeweiligen Marke zu beschreiben. Ich hatte den Eindruck, daß er dabei ein wenig improvisierte, ging jedoch darüber hinweg. Ich ließ ihn eine Zeitlang warten und studierte ausführlich die Karte. Ich wußte, daß ich auf bestem Wege war, mich zu ruinieren, aber dies war ohnehin das letzte Mal, daß ich Geld für diesen Zweck ausgab: ich nahm einen Zwanzig-Dollar-Schein, legte ihn in die Karte, klappte sie zu und reichte sie ihm. »Es ist eine schwierige Entscheidung«, sagte ich. »Bringen Sie mir den Wein, den Mister Nightingale wählen würde.«

Er zuckte nicht mit der Wimper. Er ging würdevoll davon und kam mit einer Flasche Rosé de Provence zurück. Er entkorkte sie vorsichtig und goß mir zum Kosten zwei Fingerbreit ein. Ich kostete, machte jedoch keinen Kommentar. Auch er blieb unbeirrt stehen. Ich beschloß, daß dies der Augenblick sei, die letzte Karte auszuspielen. Ich nahm noch einen Schluck und sagte: »Ich habe gehört, Mister Nightingale führt nur erstklassige Ware, was meinen Sie?«

Er betrachtete die Flasche mit ausdruckslosem Blick. »Ich weiß nicht, mein Herr, es ist eine Frage des Geschmacks«, antwortete er gelassen.

»Auch ich habe einen sehr anspruchsvollen Geschmack«, sagte ich, »ich kaufe nur erstklassige Ware.« Ich machte eine Pause, um meinen Worten mehr Nachdruck zu verleihen und sie gleichzeitig vertraulicher erscheinen zu lassen. Ich kam mir vor wie in einem Film, und das Spiel begann mir beinahe zu gefallen. Die Traurigkeit würde später kommen, das wußte ich. »Exquisite Ware«, sagte ich schließlich, das Wort betonend, »und reichlich, nicht tröpfchenweise.«

Er betrachtete aufs neue ausdruckslos mein Glas und setzte das Wortgefecht fort: »Ihren Worten entnehme ich, daß der Wein nicht zu Ihrer Zufriedenheit ist, mein Herr.«

Es gefiel mir nicht, daß er den Einsatz erhöhte. Mein Budget neigte sich dem Ende zu, aber nun lohnte es sich, der Sache auf den Grund zu gehen. Und außerdem war ich mir sicher, daß mir Pater Pimentel etwas Geld leihen konnte. Ich ging also darauf ein und sagte: »Bringen Sie mir die Karte, ich werde mir eine bessere Marke aussuchen.«

Er legte die Karte geöffnet vor mich auf den Tisch, und ich legte noch eine Zwanzig-Dollar-Note hinein. Dann zeigte ich aufs Geratewohl auf irgendeinen Wein und sagte: »Meinen Sie, daß dieser da Mister Nightingale schmecken würde?«

»Gewiß«, sagte er zuvorkommend.

»Es würde mich wirklich interessieren, ihn persönlich zu fragen«, sagte ich. »Was raten Sie mir?«

»An Ihrer Stelle würde ich mir ein gutes Hotel an der Küste suchen«, sagte er.

»An der Küste gibt es so viele Hotels, es ist schwierig, das richtige zu finden.«

»Wirklich gute gibt es nur zwei«, antwortete er, »Sie können nichts falsch machen: das Fort Aguada Beach und das Oberoi. Sie haben beide eine großartige Lage, mit einem traumhaften Strand und Palmen bis ans Meer. Ich bin überzeugt, daß beide nach Ihrem Geschmack sind.«

Ich stand auf und ging zum Buffet. Auf dem Teller-wärmer, der mit Spiritus funktionierte, stand ein Dutzend Tabletts, und ich nahm mir wahllos von den Speisen, von allem ein wenig. Vor dem geöffneten Fenster blieb ich stehen, den Teller in der Hand. Der Mond stand schon recht hoch am Himmel und spiegelte sich im Fluß. Jetzt überkam mich die Melancholie, wie ich vorausgesehen hatte. Ich stellte fest, daß ich keinen Hunger hatte. Ich durchquerte den Saal in Richtung Ausgang. Als ich den Saal verließ, machte der Maître eine kleine Verbeugung vor mir. »Den Wein lassen Sie mir bitte aufs Zimmer bringen«, sagte ich, »ich möchte ihn auf der Terrasse trinken.«

12

»Entschuldigen Sie die banale Phrase, aber ich glaube, wir kennen uns«, sagte ich. Ich hob mein Glas und berührte das ihre, das auf der Theke stand. Das Mädchen sagte lachend: »Das glaube ich auch, Sie haben eine seltsame Ähnlichkeit mit dem Herrn, mit dem ich heute morgen im Taxi aus Panaji gekommen bin.« Ich lachte ebenfalls. »Nun, es hat keinen Sinn zu leugnen, ich bin es.«

»Wissen Sie, daß es eine glänzende Idee war, ein Taxi zu teilen?« fügte sie mit Sinn fürs Praktische hinzu. »In den Reiseführern steht, in Indien seien die Taxis sehr billig, in Wahrheit kosten sie jedoch ein Vermögen.«

»Später werde ich Ihnen einen zuverlässigen Führer empfehlen«, verkündete ich fachmännisch. »Wenn man eine Taxifahrt außerhalb der Stadt macht, verdreifacht sich der Preis. Ich hatte einen Mietwagen, aber ich mußte ihn zurückgeben, weil er zu teuer war. Der größte Gewinn war jedenfalls für mich, die Fahrt in derart angenehmer Gesellschaft gemacht zu haben.«

»Halt«, sagte sie, »Sie wollen wohl aus der tropischen Nacht und dem Hotel inmitten der Palmen Nutzen ziehen. Ich bin sehr empfänglich für Komplimente und würde mir anstandslos den Hof machen lassen, es wäre nicht fair von Ihnen.« Sie hob ebenfalls das Glas, und wir lachten aufs neue.

Der Maître des »Mandovi« hatte das Oberoi als großartig beschrieben, aber damit wurde er der Wirklichkeit nicht gerecht. Es war mehr als großartig: ein weißer, halbmondförmiger Bau, der sich dem Bogen der Küste anpaßte, an der er sich erhob, einer Bucht, die im Norden von einem Vorgebirge und im Süden von einem Felsenriff geschützt wurde. Die Haupthalle war ein riesiger Raum, der in eine Terrasse überging, von der ihn nur die Theke einer Bar trennte, die von beiden Seiten zugänglich war. Die Tische auf der Terrasse waren bereits für das Abendessen gedeckt, mit Blumen und Lampen dekoriert. Ein Klavier, das irgendwo im Dunkel verborgen war, spielte leise westliche Musik. Eigentlich war das Ganze zu sehr auf Luxustourismus ausgerichtet, aber im Augenblick störte mich das nicht. An den Tischen auf der Terrasse ließen sich bereits die ersten Gäste nieder. Ich sagte dem Kellner, er solle uns ein wenig abseits und im Halbdunkel einen Ecktisch reservieren, dann schlug ich vor, noch einen Aperitif zu trinken.

»Aber keinen Alkohol«, sagte das Mädchen. Dann fuhr sie in ihrem scherzhaften Ton fort: »Ich glaube, Sie sind etwas voreilig, warum glauben Sie, ich würde Ihre Einladung zum Abendessen annehmen?«

»Um ehrlich zu sein, hatte ich gar nicht die Absicht, Sie einzuladen«, gestand ich offenherzig, »ich habe mein spärliches Budget beinahe aufgebraucht, und jeder wird für sich bezahlen. Wir werden bloß an ein und demselben

Tisch essen, wir sind beide allein und leisten uns Gesellschaft, das erschien mir bloß logisch.«

Sie schwieg und beschränkte sich darauf, den Fruchtsaft zu trinken, den uns der Kellner serviert hatte. »Und außerdem stimmt es nicht, daß wir uns nicht kennen. Wir haben uns heute morgen kennengelernt.«

»Wir haben uns nicht einmal vorgestellt«, wandte sie ein.

»Diesen Mangel kann man leicht beheben«, sagte ich, »ich heiße Roux.«

»Ich heiße Christine«, sagte sie, und dann fügte sie hinzu: »Das ist aber kein italienischer Name, oder?«

»Ist das etwa wichtig?«

»Eigentlich nicht«, gab sie zu. Und dann seufzte sie: »Sie machen mir wirklich auf unwiderstehliche Art und Weise den Hof.«

Ich gestand, daß ich gar nicht die Absicht hatte, ihr den Hof zu machen, sondern daß ich mir ein sportliches Abendessen vorgestellt hatte, mit kameradschaftlicher Konversation von gleich zu gleich. Oder so etwas Ähnliches. Sie warf mir einen gespielt flehenden Blick zu und protestierte in noch immer scherzhaftem Ton: »O nein, machen Sie mir den Hof, ich bitte Sie, sagen Sie mir etwas Nettes, erzählen Sie mir etwas Schönes, ich habe ein schreckliches Bedürfnis danach.« Ich fragte sie, woher sie komme. Sie blickte aufs Meer hinaus und sagte: »Aus Kalkutta. Ich habe einen kurzen Stop in Pondicherry gemacht, wegen eines dummen Berichts über meine

Landsleute, die noch immer dort leben, aber ich habe einen Monat in Kalkutta gearbeitet.«

»Und was haben Sie in Kalkutta gemacht?«

»Ich habe das Elend fotografiert.«

»Was meinen Sie damit?«

»Die Armut, die Verkommenheit, das Grauen, nennen Sie es, wie Sie wollen.«

»Warum?«

»Das ist mein Beruf«, sagte sie, »ich werde dafür bezahlt.« Sie machte eine Geste, die vielleicht besagen sollte, daß sie sich mit ihrem Beruf abgefunden hatte, und dann fragte sie mich: »Waren Sie noch nie in Kalkutta?«

Ich schüttelte den Kopf. »Fahren Sie ja nicht hin«, sagte Christine, »machen Sie nie diesen Fehler.«

»Ich dachte, jemand wie Sie sei der Ansicht, im Leben sollte man soviel wie möglich sehen.«

»Nein«, sagte sie überzeugt, »so wenig wie möglich.«

Der Kellner bedeutete uns, daß unser Tisch bereit war, und führte uns auf die Terrasse. Es war ein guter Tisch in einer Ecke, wie ich verlangt hatte, in der Nähe der am Rand wachsenden Büsche, und etwas abseits. Ich bat Christine, mich links neben sie setzen zu dürfen, damit ich die anderen Tische sehen konnte. Der Kellner war zuvorkommend und äußerst diskret, wie es Kellner in Hotels von der Art des Oberoi immer sind. Was bevorzugten wir, indische Küche oder Gegrilltes? Er wollte uns natürlich nicht beeinflussen, aber die Fischer von Calangute hatten heute Körbe voller Langusten gebracht, die darauf warteten, gebraten zu werden, sie standen dort unten am Ende der Terrasse, wo man den Koch mit der weißen Mütze und den Schein der im Freien aufgestellten Kohlebecken sah. Ich nahm seinen Hinweis zum Vorwand und ließ den Blick über die Terrasse schweifen, über die Tische und die Gäste. Das Licht war ziemlich schummerig, auf jedem Tisch brannten Kerzen, aber mit ein wenig Konzentration waren die Menschen zu erkennen.

»Ich habe Ihnen gesagt, was ich mache«, sagte Christine, »und was machen Sie – wenn Sie Lust haben, mir zu antworten.«

»Nun, sagen wir, ich schreibe ein Buch.«

»Was für ein Buch?«

»Ein Buch eben.«

»Einen Roman?« fragte Christine mit verschmitztem Lächeln.

»So etwas Ähnliches.«

»Dann sind Sie also Romancier«, sagte sie, was einer gewissen Logik nicht entbehrte.

»O nein, das ist nur ein Experiment, mein Beruf ist ein anderer, ich suche tote Ratten.«

»Wie bitte?«

»Es war ein Scherz«, sagte ich, »ich durchstöbere alte Archive, ich suche alte Chroniken, Dinge, die von der Zeit verschluckt worden sind. Das ist mein Beruf, ich nenne es: tote Ratten.«

Christine sah mich nachsichtig und vielleicht auch etwas enttäuscht an. Der Kellner kam eilfertig an unseren Tisch und brachte uns kleine, mit verschiedenen Soßen gefüllte Schüsselchen. Er fragte uns, ob wir Wein wünschten, und wir bejahten. Die Languste kam dampfend auf den Tisch, nur die Schale war angeröstet und das Fleisch mit zerlassener Butter übergossen. Die Soßen waren sehr scharf, ein Tropfen davon genügte, und der Mund brannte wie Feuer. Aber es verlöschte sofort, und am Gaumen machte sich der Geschmack exquisiter, ungewöhnlicher Aromen breit: erkennbar war lediglich der Wacholder, ansonsten waren es unbekannte Gewürze. Wir beträufelten sorgfältig unsere Languste und hoben die Gläser. Christine gestand, daß sie bereits ein wenig betrunken sei, und vielleicht war ich es ebenfalls, ohne es zu merken.

»Erzählen Sie mir von Ihrem Roman«, sagte sie irgendwann, »ich bin äußerst neugierig, spannen Sie mich nicht auf die Folter.«

»Aber es ist kein Roman«, protestierte ich, »es sind lose, unzusammenhängende Stücke, es gibt nicht einmal eine richtige Geschichte, es sind bloß Fragmente einer Geschichte. Und außerdem schreibe ich ihn nicht wirklich, ich habe gesagt: *sagen wir,* ich schreibe einen Roman.«

Offenbar hatten wir beide schrecklichen Hunger. Die Schale der Languste war bereits leer, und der Kellner kam eilfertig an den Tisch. Wir bestellten weitere Gerichte, überließen die Auswahl jedoch ihm. Leichte Speisen, fügten wir hinzu, und er nickte sachkundig.

»Vor ein paar Jahren habe ich einen Fotoband veröffentlicht«, sagte Christine. »Es war ein ganzer Film, der abgedruckt wurde, in der Reihenfolge der Fotos. Der Druck war sehr gut, wie ich es mir gewünscht hatte, selbst die Perforation des Films wurde reproduziert, und es gab keine Bildlegenden, nur Fotos. Als erstes kam ein Foto, das ich für das beste meiner Laufbahn halte, wenn Sie mir Ihre Adresse geben, schicke ich es Ihnen: es war ein vergrößerter Ausschnitt, und darauf war ein junger Neger zu sehen, nur der Oberkörper, ein T-Shirt mit einem Werbeslogan darauf, ein athletischer Körper, und auf seinem Gesicht lag der Ausdruck einer großen Anstrengung, die Arme hatte er wie zum Zeichen des Sieges erhoben: allem Anschein nach läuft er gerade durchs Ziel, vielleicht bei einem Hundertmeterlauf.« Sie sah mich etwas geheimnisvoll an und wartete auf eine Zwischenfrage von mir.

»Gut«, sagte ich, »und worin besteht das Geheimnis?«

»Im zweiten Foto«, sagte sie. »Dem vollständigen Foto. Links steht ein Polizist, wie ein Marsmensch gekleidet, mit einem Helm aus Plexiglas, hohen Stiefeln, einem Gewehr im Arm und gewalttätigen Augen unter seinem gewalttätigen Visier. Er schießt auf den Neger. Und der Neger flieht mit erhobenen Armen, aber er ist bereits tot: eine Sekunde, nachdem ich klick gemacht hatte, war er bereits tot.« Sie fuhr schweigend fort zu essen.

»Reden Sie weiter«, sagte ich, »jetzt müssen Sie die Geschichte zu Ende erzählen.«

»Mein Buch hieß ›Südafrika‹, und es gab nur eine einzige Bildlegende, die sich unter dem ersten Foto befand, das ich Ihnen gerade beschrieben habe, dem vergrößerten Ausschnitt. Der Text lautete: *Méfiez-vouz des morceaux choisis.*« Sie verzog den Mund und fuhr fort: »Also keine ausgewählten Stücke bitte, erzählen Sie mir den Inhalt Ihres Buchs, ich möchte wissen, was die Grundidee ist.«

Ich überlegte. Wie hätte mein Buch aussehen können? Es ist schwierig, die Grundidee eines Buchs zu beschreiben. Christine sah mich unnachgiebig an, sie war ein dickköpfiges Mädchen. »In meinem Buch wäre ich zum Beispiel einer, der in Indien verlorengegangen ist«, sagte ich schnell, »das ist die Grundidee.«

»Nein«, sagte Christine, »das reicht nicht, so einfach kommen Sie mir nicht davon, der Inhalt kann nicht *bloß* das ein.«

»Der Inhalt ist, daß ich in diesem Buch jemand bin, der in Indien verlorengegangen ist«, wiederholte ich, »sagen wir es einmal so. Ein anderer sucht mich, aber ich habe durchaus nicht die Absicht, mich finden zu lassen. Ich habe gesehen, wie er angekommen ist, ich bin ihm gewissermaßen Tag für Tag gefolgt. Ich kenne seine Vorlieben und seine Abneigungen, seinen Elan und sein Mißtrauen, seine Großzügigkeit und seine Ängste. Ich habe ihn praktisch unter Kontrolle. Er hingegen weiß so gut wie nichts von mir. Er hat ein paar ungenaue Anhaltspunkte: einen Brief, verworrene oder widerstrebend abgegebene Aussagen, ein ziemlich nichtssagendes Kärtchen: Zeichen, Bruchstücke, die er mühsam zusammenzufügen versucht.«

»Aber wer sind Sie?« fragte Christine. »Ich meine, im Buch.«

»Das wird nicht gesagt«, antwortete ich, »ich bin einer, der nicht gefunden werden möchte, also verstößt es gegen die Spielregeln, zu sagen, wer er ist.«

»Und der, der Sie sucht und den Sie so gut zu kennen scheinen«, fragte Christine weiter, »kennt der Sie?«

»Früher einmal kannte er mich, sagen wir, wir waren sehr gute Freunde, in der Vergangenheit. Aber das geschah vor langer Zeit, außerhalb des Rahmens des Buchs.«

»Und warum sucht er Sie so hartnäckig?«

»Keine Ahnung«, sagte ich, »das ist schwer zu sagen, nicht einmal ich, der Erzähler, weiß es. Vielleicht sucht er eine Vergangenheit, eine Antwort auf etwas. Vielleicht möchte er etwas festhalten, was ihm vor langer Zeit entglitten ist. In gewisser Weise sucht er sich selbst. Ich meine, es ist, als ob er sich selbst suchte, indem er mich sucht: in den Büchern geschieht das oft, das ist Literatur.« Ich machte eine Pause, als ob ich beim entscheidenden Punkt angelangt wäre, und sagte in vertraulichem Ton: »Wissen Sie, in Wirklichkeit gibt es auch zwei Frauen.«

»Ah, endlich«, rief Christine aus, »jetzt wird die Sache schon interessanter!«

»Leider nicht«, fuhr ich fort, »denn auch die beiden befinden sich außerhalb des Rahmens, sie gehören nicht zur Geschichte.«

»Ach Gott«, sagte Christine, »befindet sich in diesem Buch denn alles außerhalb des Rahmens? Können Sie mir denn nicht sagen, was innerhalb des Rahmens ist?«

»Jemand, der einen anderen sucht, ich habe es Ihnen bereits gesagt, jemand, der mich sucht, das Buch handelt von seiner Suche.«

»Dann erzählen Sie mir die Geschichte etwas genauer!«

»Nun gut«, sagte ich, »es beginnt so: er kommt in Bombay an, mit der Adresse eines armseligen Hotels, wo ich einmal gewohnt habe, und beginnt mit der Suche. Er begegnet dort einem Mädchen, das mich von früher kennt, und sie erzählt ihm, ich sei krank und ins Krankenhaus eingeliefert worden, und daß ich Kontakte mit jemandem aus dem Süden hatte. Also sucht er mich im Krankenhaus, was sich jedoch als falsche Spur erweist, dann verläßt er Bombay und macht eine lange Reise, stets unter dem Vorwand, mich zu suchen, aber in Wirklichkeit geht er seine eigenen Wege, der Inhalt des Buches besteht hauptsächlich darin: in seiner Reise. Natürlich begegnet er einer Reihe von Menschen, denn auf Reisen macht man Bekanntschaften. Er kommt nach Madras, läuft durch die Stadt, besichtigt die Tempel in der Umgebung, sucht eine Studiengesellschaft auf, entdeckt die eine oder andere ungewisse Spur, die zu mir führen könnte. Und schließlich kommt er nach Goa, wohin er jedoch ohnehin hätte fahren müssen, aus persönlichen Gründen.«

Christine hörte mir jetzt aufmerksam zu, sie kaute an einem Minzestengel und sah mich dabei an. »Nach Goa«, sagte sie, »ausgerechnet Goa, interessant. Und was geschieht hier?«

»Hier begegnet er wieder vielen Menschen«, fuhr ich fort, »er reist ein wenig umher, und dann kommt er eines Abends in einer bestimmten kleinen Stadt an, und dort wird ihm alles klar.«

»Was alles?«

»Na ja«, sagte ich, »er hat mich unter anderem aufgrund einer sehr einfachen Tatsache nicht gefunden, und zwar, weil ich einen anderen Namen angenommen habe. Und den findet er heraus. Im Grunde war es gar nicht so schwierig, denn es ist ein Name, der früher einmal etwas mit ihm zu tun hatte. Aber ich habe diesen Namen etwas verdreht und verschlüsselt. Ich weiß nicht, wie er draufgekommen ist, aber jedenfalls ist er draufgekommen. Es muß ein Zufall gewesen sein.«

»Und wie lautet dieser Name?«

»Nightingale«, sagte ich.

»Ein schöner Name«, sagte Christine, »fahren Sie fort.«

»Gut, indem er vorgibt, ein wichtiges Geschäft mit mir abschließen zu wollen, gelingt es ihm offenbar zu erfahren, wo ich mich aufhalte: jemand sagt ihm, ich sei in einem Luxushotel an der Küste, an einem Ort wie diesem hier.«

»Oh, là, là«, sagte Christine, »jetzt müssen Sie aber ganz genau erzählen, wir befinden uns ja direkt am Schauplatz.«

»Ja«, sagte ich, »so ist es, als Schauplatz nehme ich das hier. Sagen wir, es ist ein Abend wie dieser, warm, in der Luft liegen schwere Düfte, ein sehr elegantes Hotel am Meer, große Terrasse mit Tischen und Kerzen, gedämpfte Musik, Kellner, die beflissen und diskret herumlaufen, ausgesuchte Speisen, natürlich auch internationale Küche. Ich sitze mit einer schönen Frau am Tisch, einem Mädchen wie Ihnen, die aussieht wie eine Ausländerin, wir sitzen wie jetzt an einem Tisch, jedoch auf der gegenüberliegenden Seite, die Frau sitzt Richtung Meer, ich hingegen bin den anderen Tischen zugewandt, wir führen ein angenehmes Gespräch, die Frau lacht hin und wieder, wie man an ihren Schultern sehen kann, genau wie Sie. Plötzlich …«

Ich schwieg und betrachtete die Terrasse, ließ den Blick über die Menschen schweifen, die an den anderen Tischen zu Abend aßen. Christine hatte den Minzestengel zerbrochen und ihn wie eine Zigarette in einen Mundwinkel gesteckt, ihr Blick war aufmerksam. »Plötzlich?« fragte sie. »Was geschieht plötzlich?«

»Plötzlich sehe ich ihn. Er sitzt an einem Tisch im Hintergrund, auf der anderen Seite der Terrasse. Er sitzt mit dem Gesicht zu mir, wir sehen einander an. Auch er ist mit einer Frau zusammen, aber sie sitzt mit dem Rücken zu mir, und ich kann sie nicht sehen. Vielleicht kenne ich sie oder glaube sie zu kennen, sie erinnert mich an eine Frau, ja sogar an zwei Frauen, es könnte sowohl die eine als auch die andere sein. Aber so aus der Ferne und im Licht der Kerzen ist das kaum festzustellen, und außerdem ist die Terrasse sehr groß, genau wie diese. Möglicherweise sagt er zu der Frau, sie solle sich nicht umdrehen, er blickt mich lange an, ohne sich zu rühren, er sieht zufrieden aus, lächelt beinahe. Vielleicht glaubt auch er, die Frau zu erkennen, die mit mir zusammen ist, sie erinnert ihn an eine Frau, ja sogar an zwei Frauen, es könnte sowohl die eine als auch die andere sein.«

»Also hat Sie der Mann gefunden, der Sie suchte«, sagte Christine.

»Nicht ganz«, sagte ich, »es ist nicht ganz so. Er hat mich lange gesucht, aber jetzt, da er mich gefunden hat, hat er keine Lust mehr, mich zu finden, entschuldigen Sie das Paradox, aber genau so ist es. Und auch ich habe keine Lust, gefunden zu werden. Wir denken beide genau dasselbe und beschränken uns darauf, uns anzusehen.«

»Und dann?« sagte Christine. »Wie geht es weiter?«

»Einer der beiden trinkt seinen Kaffee aus, faltet die Serviette, richtet sich die Krawatte – sagen wir, er hat eine Krawatte –, ruft mit einem Wink den Kellner herbei, bezahlt, steht auf, rückt wohlerzogen den Stuhl der Dame beiseite, die ihn begleitet und die gleichzeitig mit ihm aufgestanden ist, und geht davon. Aus, das Buch ist zu Ende.«

Christine sah mich zweifelnd an. »Das halte ich aber für ein etwas schwaches Ende«, sagte sie und stellte ihre Tasse ab.

»Ja, das kommt mir auch so vor«, sagte ich und stellte ebenfalls die Tasse ab, »aber ich finde keine andere Lösung.«

»Ende der Erzählung, Ende des Abendessens«, sagte Christine, »die Zeiten stimmen überein.«

Wir zündeten jeder eine Zigarette an, und ich winkte den Kellner herbei. »Hören Sie, Christine«, sagte ich, »Sie müssen entschuldigen, aber ich habe es mir anders überlegt, ich möchte Sie zum Abendessen einladen, ich denke, ich habe genug Geld.«

»Kommt gar nicht in Frage«, protestierte sie, »wir hatten eine klare Abmachung getroffen: ein kameradschaftliches Essen von gleich zu gleich.«

»Ich bitte Sie«, insistierte ich, »verstehen Sie es als Entschädigung dafür, daß ich Sie zu sehr gelangweilt habe.«

»Aber ich habe mich sehr gut unterhalten«, gab Christine zurück, »ich bestehe darauf, die Hälfte zu bezahlen.«

Der Kellner trat an den Tisch und flüsterte mir vertraulich etwas ins Ohr, dann ging er mit lautlosen Schritten davon. »Wir brauchen nicht zu streiten«, sagte ich, »das Abendessen ist gratis, wir sind von einem Gast des Hotels eingeladen, der anonym bleiben möchte.« Sie sah mich verwundert an. »Es wird ein Verehrer von Ihnen sein«, sagte ich, »jemand, der galanter ist als ich.«

»Reden Sie kein dummes Zeug«, sagte Christine. Dann setzte sie eine gespielt beleidigte Miene auf. »Das ist nicht fair«, sagte sie, »Sie haben das vorher mit dem Kellner abgesprochen.«

Die Korridore, die zu den Zimmern führten, hatten ein Dach aus poliertem Holz, wie ein Kreuzgang, und sie blickten auf die im Dunkel liegenden Büsche, die hinter dem Hotel wucherten. Wir waren wohl unter den ersten, die sich auf ihr Zimmer zurückzogen, denn die anderen Gäste waren zum Großteil auf der Terrasse geblieben und hörten, in den Liegestühlen ausgestreckt, der Musik zu. Wir gingen schweigend nebeneinander her, und am Ende des Balkons hörten wir einen Augenblick lang einen großen Nachtfalter schwirren.

»Irgend etwas in Ihrem Buch stimmt nicht«, sagte Christine, »ich weiß nicht recht, was, aber irgend etwas stimmt nicht.«

»Das glaube ich auch«, antwortete ich.

»Hören Sie zu«, sagte Christine, »Sie sind mit meiner Kritik immer einverstanden, das ist unerträglich.«

»Aber ich bin überzeugt davon«, behauptete ich, »wirklich. Es ist wohl so ähnlich wie bei Ihrem Foto, der vergrößerte Ausschnitt verfälscht den Kontext, man muß die Dinge aus der Entfernung betrachten. Méfiez-vouz des morceaux choisis.«

»Wie lange bleiben Sie hier?« fragte sie mich.

»Morgen reise ich ab.«

»So bald?«

»Meine toten Ratten erwarten mich«, sagte ich, »jeder hat seine Arbeit.« Ich versuchte die resignierte Geste nachzumachen, mit der sie über ihre Arbeit gesprochen hatte. »Auch ich werde dafür bezahlt.«

Sie lächelte und steckte den Schlüssel ins Schloß.

Ein Briefwechsel

Der folgende Satz ist falsch.
Der vorhergehende Satz ist richtig.

Madras, 12. Januar 1985

Lieber Herr Tabucchi,
drei Jahre sind nun seit dem Tag vergangen, an dem wir
uns in der Theosophical Society in Madras kennengelernt
haben. Ich gebe zu, dieser Ort eignet sich nicht besonders
für eine Begegnung. Wir hatten kaum Zeit für ein kurzes
Gespräch, und Sie vertrauten mir an, daß Sie jemanden
suchten und daß Sie ein kleines Reisetagebuch über Indi-
en schrieben. Sie schienen sich sehr für Namenkunde zu
interessieren, und ich erinnere mich, daß Ihnen mein
Name gefiel und Sie mich um Erlaubnis baten, ihn – wenn
auch in leicht veränderter Form – in dem Buch verwenden
zu dürfen, das Sie gerade schrieben. Ich vermute, daß Sie
weniger an meiner Person interessiert waren als an zwei
Dingen: an meiner weit zurückreichenden portugiesischen Abstammung und an der Tatsache, daß ich das Werk
Fernando Pessoas kannte. Unsere Konversation war wohl
ziemlich ungewöhnlich: tatsächlich ging sie von zwei in

der westlichen Welt sehr gebräuchlichen Adverbien aus *(practically und actually)*, und dann versuchten wir, die geistigen Kategorien, auf denen derartige Adverbien beruhen, zu ermitteln. Worauf wir, einer gewissen Logik entsprechend, auf Pragmatismus und Transzendenz zu sprechen kamen, was – wie wahrscheinlich nicht zu vermeiden war – unser Gespräch in Richtung der jeweiligen religiösen Überzeugungen lenkte. Ich erinnere mich, daß Sie sich – wie mir scheint, mit einer gewissen Verlegenheit – zum Agnostizismus bekannten, und auf meine Frage, wie Sie sich denn Ihre eventuelle Reinkarnation vorstellten, antworteten Sie, daß Sie, wenn überhaupt, bestimmt als lahmes Huhn *(a lame chicken)* wiedergeboren werden würden. Anfangs dachte ich, Sie seien Irländer, vielleicht deshalb, weil die Iren, mehr als die Engländer, eine spezielle Art und Weise haben, mit dem Problem der Religion umzugehen. Der Ehrlichkeit halber muß ich sagen, daß Sie mich mißtrauisch machten. Für gewöhnlich lassen sich die Europäer, die nach Indien kommen, in zwei Gruppen unterteilen: in die, die glauben, die Transzendenz entdeckt zu haben, und in die, die sich zum radikalsten Laizismus bekennen. Ich hatte den Eindruck, daß Sie sich über beide Haltungen lustig machten, und das gefiel mir eigentlich nicht. Wir verabschiedeten uns ziemlich kühl. Als wir uns verabschiedeten, war ich mir sicher, daß Ihr Buch, sofern Sie es überhaupt schrieben, einer jener unerträglichen westlichen Reiseberichte sein würde, die unter dem Etikett »unerforschliches Indien« Folklore und Elend vermischen.

Ich gestehe, daß ich mich getäuscht habe. Die Lektüre Ihres ›Indian Nocturne‹ hat mich zu einigen Überlegungen angeregt, die mich veranlaßt haben, Ihnen diesen Brief zu schreiben. Zunächst möchte ich Ihnen sagen, daß Ihnen mit dem Theosophen aus dem sechsten Kapitel, sofern er sich an meiner Person orientiert, ein geistreiches und fast amüsantes Porträt gelungen ist, auch wenn Sie mich mit einer Strenge ausstatten, die ich nicht zu verdienen glaube, die mir jedoch von Ihrer Warte aus gesehen plausibel erscheint. Aber gewiß sind das nicht die Überlegungen, die mich veranlaßt haben, Ihnen zu schreiben. Ich möchte vielmehr mit einer hinduistischen Weisheit beginnen, die, in Ihre Sprache übersetzt, mehr oder weniger so lautet: Der Mensch, der glaubt, sein (oder sein eigenes?) Leben zu kennen, kennt in Wirklichkeit nur seinen (oder seinen eigenen?) Tod.

Ich zweifle nicht im geringsten daran, daß ›Indian Nocturne‹ die Scheinhaftigkeit zum Thema hat, also den Tod. Es ist in jeder Hinsicht ein Buch über den Tod. Das ist es in jenem Teil, wo es über die Fotografie und das Abbild spricht, über die Unmöglichkeit, wiederzufinden, was man verloren hat: die Zeit, die Menschen, das eigene Abbild, die Geschichte (so wie sie die westliche Kultur versteht, zumindest seit Hegel, einem der törichtesten Philosophen, die Ihre Kultur meiner Meinung nach hervorgebracht hat). Aber dieser Teil ist auch eine Initiation, und einige Kapitel sind eine geheime und geheimnisvolle Etappe dieser Initiation. Jede Initiation ist geheimnisvoll, dazu braucht man nicht die hinduistische Philosophie zu bemühen, denn auch die westlichen Religionen glauben an dieses Geheimnis (das Evangelium). Der Glaube ist geheimnisvoll, und auf seine Weise ist er selbst schon eine Initiation. Aber ich glaube, daß auch die aufgeklärtesten Künstler des Westens dieses Mysterium wahrnehmen. Gestatten Sie mir, in diesem Zusammenhang die Äußerung des Komponisten Emmanuel Nunes zu zitieren, den zu hören ich vor kurzem in Europa das Glück hatte:

»Auf dieser unendlichen Straße, die sie vereint, wurden zwei Stätten errichtet: Musik und Poesie. Die eine ist entstanden aus dem umherschweifenden Elan, der den Ton hin zum Wort zieht, aus dem unbeirrbaren Verlangen, aus sich selbst herauszutreten, aus der Faszination durch das Andere, aus dem Abenteuer, das darin besteht, von einem Sinn Besitz zu ergreifen, der nicht der eigene ist. Die andere entspringt dem Abstieg oder Aufstieg des Worts hin zu seinem Ursprung, dem nicht weniger unbeirrbaren Bedürfnis, den Ort des Schreckens wieder aufzusuchen, wo man vom Nichtsein zum Sein gelangt.«

Aber ich möchte auf den Schluß Ihres Buches zu sprechen kommen, auf das letzte Kapitel. Während meiner letzten

Europareise habe ich mir, nachdem ich Ihr Buch gekauft hatte, ein paar Zeitungen besorgt, einfach weil ich neugierig war, was die Literaturkritik zu Ihrem Schluß sagte. Natürlich konnte ich mir keine vollständige Dokumentation beschaffen, aber die wenigen Artikel, die ich lesen konnte, haben mich in meiner Überzeugung bestärkt. Offensichtlich konnte die westliche Kritik Ihr Buch nur auf westliche Weise interpretieren. Und das ist die Kultur des »Doppelgängers«, Otto Rank, ›The Secret Sharer‹ von Conrad, die Psychoanalyse, das literarische »Spiel« und weitere Kategorien, die dieser Kultur eigen (oder ihre eigenen?) sind. Es konnte gar nicht anders sein. Ich vermute jedoch, daß Sie etwas anderes sagen wollten; ich vermute ebenfalls, daß Sie an jenem Abend in Madras, als Sie mir gestanden, die hinduistische Philosophie nicht zu kennen, aus einem mir unbekannten Grund gelogen (die Unwahrheit gesagt) haben. Ich glaube nämlich, daß Sie mit der östlichen Gnosis vertraut sind und auch mit den westlichen Denkern, die sich auf den Weg der Gnosis begeben haben. Sie kennen das Mandala, dessen bin ich mir sicher, und haben es einfach in Ihre Kultur übertragen. Das bevorzugte Symbol der Totalität war in Indien das Mandala (vom lateinischen Stammwort mundus, was im Sanskrit »Kugel« oder »Ring« bedeutet), aber auch die Null und der Spiegel. Die Null, die bei Ihnen im vierten Jahrhundert nach Christus entdeckt worden ist, diente in Indien als Symbol des Brahman und des Nirwana, als

Ursprung des Alles und des Nichts, des Lichts und der Dunkelheit, und darüber hinaus war sie auch ein Äquivalent des »als ob«, der Dualität in den Upanischaden. Aber nehmen wir ein Symbol, das für Sie verständlicher ist: den Spiegel. Nehmen wir also einen Spiegel in die Hand und schauen wir hinein. Er wirft uns ein identisches Bild zurück, indem er die Seiten verkehrt. Das, was rechts ist, wird auf die linke Seite verschoben und umgekehrt, so daß wir zwar uns selbst ansehen, aber nicht dieselben »uns«, die ein anderer sieht. Indem uns der Spiegel ein auf der horizontalen Achse verkehrtes Bild zurückwirft, produziert er einen Effekt, der an Zauberei denken läßt: er betrachtet uns von außen, und doch ist es, als würde er unser Innerstes nach außen kehren, und unser Anblick ist uns nicht gleichgültig, er fesselt und verstört uns wie kein anderer Anblick: die taoistischen Philosophen nannten das den »zurückgeworfenen Blick«.

Gestatten Sie mir einen Gedankensprung, der Ihnen vielleicht einleuchten wird. Wir sind jetzt bei der Gnosis der Upanischaden und den Dialogen des Misargatta Maharaj mit seinen Schülern. Das Selbst verstehen heißt, in uns entdecken, was bereits zu uns gehört, und zugleich entdecken, daß es keinen wirklichen Unterschied gibt zwischen dem In-sich-selbst-Sein und der Einheit des Universums. Die buddhistische Gnosis geht noch einen Schritt weiter, der eine Rückkehr unmöglich macht: sie erklärt auch das Selbst für null und nichtig.

Hinter der letzten Maske erweist sich das Selbst als nicht existent.

Ich komme zum Schluß meines, wie ich feststelle, allzu langen Briefes, der wahrscheinlich direkter ist, als es unsere Beziehung erlaubt. Verzeihen Sie ein letztes Mal mein Eindringen in Ihre Privatsphäre, das zum Teil gerechtfertigt wird durch die vertrauliche Mitteilung, die Sie mir an jenem Abend in Madras über Ihre eventuelle Reinkarnation machten und die ich nicht als einfache »boutade« betrachten möchte. Obwohl der Hinduismus glaubt, daß das Karma festgelegt ist, hegt er die geheime Hoffnung, daß die Harmonie von Herz und Geist andere Wege als die bereits festgelegten eröffnet. Ich wünsche Ihnen aufrichtig, daß Ihre Reinkarnation eine andere ist als die von Ihnen vorausgesehene. Ich hoffe es zumindest.

Ergebenst
Ihr Xavier Janata Monroy

Vecchiano, 18. April 1985

Lieber Herr Janata Monroy,
Ihr Brief hat mich zutiefst berührt. Er erfordert eine Antwort, und ich fürchte, sie wird bei weitem nicht den Ansprüchen genügen, die Sie in Ihrem Brief stellen. Zuallererst möchte ich Ihnen danken, daß Sie mir erlaubt haben, einen Teil Ihres Namens für eine Person meines

Buches zu verwenden, und dafür, daß Sie mir die romantische Figur des Theosophen von Madras nicht übelgenommen haben, für die Ihre Person Pate gestanden hat. Schriftsteller sind für gewöhnlich wenig vertrauenswürdige Menschen, auch wenn sie behaupten, sich dem strengsten Realismus verschrieben zu haben: ich jedenfalls verdiene in dieser Hinsicht das größte Mißtrauen.

Sie schreiben meinem kleinen Buch und somit der Weltanschauung, die daraus hervorgeht, einen religiösen Tiefgang und eine philosophische Komplexität zu, die ich, wie ich fürchte, nicht besitze. Aber, wie der Dichter sagt, den wir beide kennen, »alles ist der Mühe wert, solange die Seele nicht eingeengt ist«. Und somit ist auch mein Buch der Mühe wert, nicht so sehr an und für sich, sondern in Hinblick auf das, was eine große Seele darin zu lesen vermag.

Aber wie Sie wissen, sind die Bücher meistens größer als wir. Um über den Autor dieses Buches zu sprechen, bin ich leider gezwungen, auf Anekdotisches (ich wage nicht zu sagen: »Biographisches«) zurückzugreifen, das in meinem Fall banal und unwesentlich ist. An jenem Abend, an dem wir uns in der Theosophical Society kennenlernten, hatte ich gerade ein seltsames Abenteuer erlebt. Vieles war mir in Madras passiert: ich hatte das Glück, einige Menschen kennenzulernen und über einige seltsame Geschichten nachzudenken. Aber was mir passiert war, betraf nur mich allein. Dank der Komplizenschaft eines Wächters war es mir gelungen, das Innere des Tempels des

Schrecklichen Shiva zu betreten, was, wie Sie wissen, allen Nichthindus streng verboten ist, und ich hatte vor, die Altäre zu fotografieren. Da Sie verstanden haben, welche Bedeutung für mich die Fotografie hat, werden Sie auch verstehen, daß es sich um eine doppelte Entweihung handelte. Vielleicht auch um eine Herausforderung, denn Shiva wird mit dem Tod und der Zeit gleichgesetzt, er ist Bhoirava, der Schrecken, und seine vierundsechzig Erscheinungsformen, die im Tempel von Madras darge- stellt sind, wollte ich persönlich fotografieren. Es war zwei Uhr nachmittags, der Tempel wurde über Mittag geschlossen, und das ganze Gelände war somit menschen- leer, mit Ausnahme einiger Leprakranker, die dort schla- fen und die mir nicht die geringste Aufmerksamkeit schenkten. Ich weiß, daß ich damit bei Ihnen ein Gefühl tiefster Mißbilligung hervorrufe, aber ich will nicht lügen. Es war heiß und schwül, der große Monsunregen war gerade vorbei, und der Boden innerhalb der Einfriedung war voller Wasserlachen. Schwärme von Fliegen und Insekten schwirrten durch die Luft, und der Gestank der Kuhfladen war unerträglich. Gegenüber den Shiva geweihten Altären, hinter dem Brunnen für die Waschun- gen, steht eine kleine Mauer für die Weihgaben. Ich klet- terte hinauf und begann meine Fotos zu schießen. In die- sem Augenblick bröckelte ein altes, vom Regen mürbe gewordenes Stück der Mauer ab, auf der ich stand. Damit gebe ich Ihnen natürlich eine »pragmatische« Erklärung des Vorfalls, denn von einer anderen Warte aus gesehen könnte man die Sache auch anders erklären. Ich stürzte jedenfalls, als die Mauer abbröckelte, und zog mir dabei einige Hautabschürfungen am rechten Bein zu, das binnen weniger Stunden – ich war inzwischen ins Hotel zurückgekehrt – unglaublich anschwoll. Erst am nächsten Tag beschloß ich, einen Arzt aufzusuchen, nicht zuletzt deshalb, weil ich mich vor meiner Abreise nach Indien nicht impfen hatte lassen und nun eine Tetanusinfektion befürchtete, wozu mir das Aussehen meines Beines, ehrlich gesagt, allen Anlaß gab. Zu meinem großen Erstaunen weigerte sich der Arzt, mich gegen Tetanus zu impfen; er hielt es für überflüssig, da diese Krankheit, wie er sagte, in Indien viel schneller als in Europa verläuft, und »wäre es Tetanus gewesen, wäre ich inzwischen bereits tot«. Es handelte sich nur um eine »einfache Infektion«, sagte er, gegen die Streptomycin genüge. Er zeigte sich ziemlich verwundert darüber, daß es zu keiner Tetanusinfektion gekommen war, aber offenbar, so meinte er abschließend, gebe es hin und wieder auch widerstandsfähige Europäer.

Ich bin mir sicher, daß Sie meine Geschichte lächerlich finden, aber genau das wollte ich Ihnen erzählen. Was Ihre gnostische Interpretation meines ›Nachtstücks‹ oder besser gesagt des Schlußkapitels anbelangt, so wiederhole ich allen Ernstes, daß ich das Mandala nicht kenne, und meine Kenntnisse des Hinduismus sind vage und ungenau, sie basieren auf der Kurzdarstellung eines Reiseführers und auf einem Taschenbuch, das ich am Flughafen gekauft habe (›L'Hindouisme‹, Collection ›Que sais-je?‹).

Was die Problematik des Spiegels betrifft, so habe ich mich in aller Eile informiert, nachdem ich Ihren Brief erhalten hatte. Ich habe bei den Büchern einer Wissenschaftlerin, der Professorin Grazia Marchianò, Hilfe gesucht und bin dabei, mir die Grundlagen einer Philosophie anzueignen, von der ich bis jetzt schändlich wenig wußte.

Zu guter Letzt muß ich Ihnen sagen, daß meiner Ansicht nach der unmittelbare Sinn des ›Nachtstücks‹ in der Darstellung eines Geisteszustandes besteht, der viel weniger Tiefgang hat, als Sie ihm großzügigerweise beimessen. Aus privaten Gründen, mit denen ich Sie nicht weiter langweilen möchte, aber gewiß auch, weil ich mich auf einem Kontinent befand, der von meiner Welt so weit entfernt ist, spürte ich allem gegenüber ein sehr starkes Gefühl von Fremdheit: in einem Maße, daß ich nicht mehr wußte, warum ich hier war, was der Zweck meiner Reise war, welchen Sinn mein Tun hatte und wer ich selbst war. Deshalb, vielleicht, mein Buch. Kurz und gut, ein Mißverständnis. Mißverständnisse passen offenbar zu mir. Zur Bekräftigung dessen, was ich Ihnen sage, erlaube ich mir, Ihnen mein letztes, vor wenigen Tagen erschienenes Buch zu schicken. Ihr Italienisch ist sehr gut, und vielleicht haben Sie Lust, einen Blick hineinzuwerfen.

Aufrichtigst

Ihr Antonio Tabucchi

Lieber Herr Tabucchi,
danke für Ihren Brief und Ihr Geschenk. Ich habe eben die
›Kleinen Mißverständnisse ohne Bedeutung‹ zu Ende
gelesen und auch den anderen Erzählband ›Der kleine
Gatsby‹, den Sie freundlicherweise beigelegt haben. Das
war eine gute Idee, denn die beiden ergänzen sich gegenseitig, und das hat mir die Lektüre erleichtert.

Ich bin mir durchaus bewußt, daß Sie mein Brief etwas
in Verlegenheit gebracht hat, so wie ich mir ebenfalls
bewußt bin, daß Sie sich aus persönlichen Gründen den
gnostischen Interpretationen entziehen möchten, die ich
anhand Ihrer Bücher angestellt habe und die Sie absolut
nicht anerkennen wollen. Wie ich Ihnen in meinem ersten
Brief bereits sagte, lassen sich die Europäer, die Indien
besuchen, für gewöhnlich in zwei Kategorien einteilen: in
die, die glauben, die Transzendenz entdeckt zu haben, und
die, die sich zum radikalsten Laizismus bekennen. Ich
fürchte, daß auch Sie, obwohl Sie sich auf die Suche nach
einem dritten Weg begeben haben, in dieses Schema
passen.

Verzeihen Sie meine Hartnäckigkeit. Auch die philosophische Haltung (darf ich sie so bezeichnen?), die Sie als
»Mißverständnis« bezeichnen, entspricht, selbst in ihrer
westlichen Ausformung (dem Barock), der alten hinduistischen Überzeugung, daß das Mißverständnis (der Irr-

tum des Lebens) einer initiatischen Reise um das Trug-
bild der Wirklichkeit gleichkommt, das heißt, um das
menschliche Leben hier auf Erden. Alles ist identisch, sagen
wir, und wie mir scheint, behaupten Sie dasselbe, auch wenn
Ihre Haltung die eines Skeptikers ist (gelten Sie zufällig als
Pessimist?). Aber ich möchte meine Kultur einen Augenblick lang vergessen und mich auf die Ihre berufen. Sie werden sich vielleicht an das Paradox von Epimenides erinnern, das mehr oder weniger so lautet: *Der folgende Satz
ist falsch. Der vorhergehende Satz ist richtig.* Wie Sie wahrscheinlich bemerkt haben, reflektieren die beiden Hälften
des Ausspruches jeweils die andere Hälfte. Ein amerikani-
scher Mathematiker, Douglas R. Hofstadter, Autor eines
Werks über das Gödelsche Theorem, hat unlängst die logi-
sche (aristotelische und kartesianische) Dichotomie in
Frage gestellt, die Ihrer Kultur zugrunde liegt und der
zufolge eine Behauptung entweder richtig ist oder falsch.
Tatsächlich kann diese Behauptung jedoch gleichzeitig
richtig und falsch sein, und zwar deshalb, weil sie sich auf
die Verneinung ihrer selbst bezieht: sie ist eine Schlange,
die sich in den Schwanz beißt, oder, in der Definition Hof-
stadters, ein »endlos geflochtenes Band« *(a strange loop)*.

Auch das Leben ist ein »endlos geflochtenes Band«.
Womit wir wieder beim Hinduismus wären. Geben Sie
mir wenigstens darin recht, Herr Tabucchi?

Aufrichtigst

Ihr Xavier Janata Monroy

Lieber Herr Janata Monroy,
wie schon zuvor hat mich Ihr Brief zu einem überstürzten
und leider oberflächlichen Lehrgang gezwungen. Über
den amerikanischen Mathematiker, von dem Sie mir
erzählen, habe ich Material einzig und allein in einer italienischen Zeitschrift gefunden, und zwar in einem Bericht
des Journalisten Sandro Stille aus den Vereinigten Staaten.
Der Bericht war sehr interessant, und ich habe mir vorge-
nommen, mich eingehender zu informieren. Trotzdem
habe ich keine Ahnung von mathematischer Logik. Vielleicht habe ich von keiner Art von Logik eine Ahnung, ich
glaube sogar, der unlogischste Mensch zu sein, den ich
kenne, und deshalb glaube ich auch nicht, daß ich bei der-
artigen Studien große Fortschritte machen werde. Vielleicht ist das Leben, wie Sie sagen, wirklich ein »endlos
geflochtenes Band«. Ich halte es für gerechtfertigt, daß
jeder diesen Ausdruck vor dem kulturellen Hintergrund
versteht, den er bevorzugt.

Aber gestatten Sie mir, Ihnen eines zu sagen: Schenken
Sie den Behauptungen eines Schriftstellers keinen allzu
großen Glauben: Schriftsteller lügen fast immer (sagen die
Unwahrheit). Ein südamerikanischer Schriftsteller, den
Sie vielleicht kennen, Mario Vargas Llosa, hat einmal
gesagt, eine Erzählung zu schreiben sei ein ähnlicher Vor-
gang wie ein Striptease. So wie das Mädchen sich im Licht

eines schamlosen Scheinwerfers auszieht und ihre verborgenen Reize zur Schau stellt, so entblößt sich auch der Schriftsteller in Form seiner Erzählungen öffentlich. Aber natürlich gibt es auch Unterschiede. Anders als das zwanglose Mädchen zeigt der Schriftsteller nicht seine verborgenen Reize, sondern die Phantasmen, die ihn bedrängen, den häßlichsten Teil seiner selbst, seine Schuldgefühle und seine Ressentiments. Ein anderer Unterschied ist folgender: während das Mädchen zu Beginn seiner Darbietung angezogen ist und am Ende nackt, ist der Prozeß bei der Erzählung ein umgekehrter. Der Schriftsteller ist am Beginn nackt und zieht sich am Schluß an. Vielleicht haben wir Schriftsteller einfach Angst. Halten Sie uns ruhig für Feiglinge, und überlassen Sie uns unseren persönlichen Schuldgefühlen und unseren persönlichen Phantasmen. Der Rest ist Wolken.

Ihr Antonio Tabucchi

Nicht einmal der Erzähler weiß, warum der Mann seinen Freund so hartnäckig sucht. Vielleicht sucht er sich selbst, indem er jemand anderen sucht: In Büchern geschieht das oft, das ist Literatur. Auf seiner Suche nach dem Freund schreibt sich Tabucchi gefährlich nahe an sich selbst heran. Im Gegensatz zu einer Striptease-Tänzerin aber, die am Anfang verhüllt und am Ende nackt ist, läßt Tabucchi zum Ende seiner Geschichte hin Wolken aufziehen, die den Autor im letzten Moment vor den gierigen Augen des Lesers verhüllen. »Tabucchi ist ein Zauberer«, schreibt Rolf Grimminger in der ›Süddeutschen Zeitung‹.

Der Autor

Antonio Tabucchi wurde am 23. September 1943 in Vecchiano bei Pisa geboren, lehrt als Professor portugiesische Sprache und Literatur und lebt in Genua und Vecchiano. Weitere Werke: ›Piazza d'Italia‹ (1975), ›Der kleine Gatsby‹ (1981, dt. 1986), ›Kleine Mißverständnisse ohne Bedeutung‹ (1985, dt. 1986), ›Der Rand des Horizonts‹ (1986, dt. 1988).

dtv

Die Taschenbibliothek